点荒自己

黄健云 著

笔榜山文集
主编 ◎ 王志明

西南交通大学出版社
·成都·

图书在版编目（CIP）数据

点亮自己：黄健云诗文集 / 黄健云著. —成都：
西南交通大学出版社，2017.10
（挂榜山文集）
ISBN 978-7-5643-5808-2

Ⅰ. ①点… Ⅱ. ①黄… Ⅲ. ①诗集–中国–当代②散
文集–中国–当代 Ⅳ. ①I217.2

中国版本图书馆 CIP 数据核字（2017）第 241115 号

挂榜山文集

点亮自己
——黄健云诗文集

黄健云 著

责任编辑　邹　蕊
特邀编辑　李海华
封面设计　严春艳

印张　17.5　字数　275千	出版发行　西南交通大学出版社
成品尺寸　170 mm×230 mm	网址　http://www.xnjdcbs.com
版次　2017年10月第1版	地址　四川省成都市二环路北一段111号 西南交通大学创新大厦21楼
印次　2017年10月第1次	邮政编码　610031
印刷　四川煤田地质制图印刷厂	发行部电话　028-87600564　028-87600533
书号　ISBN 978-7-5643-5808-2	定价　80.00元

图书如有印装质量问题　本社负责退换
版权所有　盗版必究　举报电话：028-87600562

点亮自己
（代序）

前一段时间，我读到一个盲人点灯笼的故事。故事说，一个盲人去朋友家做客，来的时候拿着灯笼，主人以为他是给别人带的，不在意。回去时，夜色已浓，临出门，他点亮了灯笼。主人不解："你又看不见，干嘛还点灯笼呢？"这位盲人朋友说："我虽然看不见，但别人可以看见啊，别人看见灯笼，就不会轻易撞到我身上来了。"主人恍然大悟，不禁为朋友的慧智击掌赞叹。

这位盲人朋友的确值得赞叹！点亮灯笼，虽然不能照亮自己的前程，却能远离可能的危险。

普通的人，不但应该点亮灯笼，更应该点亮自己。因为，点亮灯笼，可以远离危险；而点亮自己，则可以让更多的人发现你，可以让自己的前程更加远大。

点亮自己，就是充分挖掘自己的潜力，并努力把这种潜力变成自己的特长和优势，甚至，变成自己的标志，让别人一谈到某个地方或某个领域，都会异口同声地说起你。就如现在，我们谈文学革命，就绕不过胡适，总避不开陈独秀；谈朦胧诗，就必定从北岛、顾城讲起；谈伤痕文学，就自然想起刘心武的《班主任》、卢新华的《伤痕》；又如一到湘西，必定要探究沈从文。这种标志，谁也无法取代。

其实，每一个人都有自己的潜力，只是很多人不知道而已。美国人本主义理论的代表马斯洛就说过，取得成就的人，其原因就在于在别人的引导下很早就发现了自己的潜力，并努力把自己的潜力挖掘出来加以利用，而更多的人是让自己的潜力永远潜伏在心灵深处，于是，他们注定就是平庸的人。

当今世界为个人的发展提供了很多选择的机会，人的潜力有了更好的挖掘和利用的机会，关键的问题是，我们要善于根据自己当前所从事的工作，并结合社会需要，努力发现自己的潜力并加以利用，尽快将自己的潜力变成取之不竭的灯油，点亮自己，点亮自己的远大前程。

就学中文的学生来讲，目前已经处于非常好的时期，文化创意、创业已经如火如荼地开展。按目前最流行的创作观念来讲，每一个人都具有成为作家的潜力，并且，作家是可以培养的，所以，及时投入，从"写你自己知道"的开始，慢慢地，你就会发现，你面对的世界，大多数是可以用诗意的方式加以表现的。如果你用心去写了，即使，你最终没有走专业创作的道路，你的人生之路也一定会生机盎然！

因为，你已经用诗情点亮了自己！

目 录

散文篇

一、**名言欣赏（五则）** 3
    认识自己（名言欣赏之一） 3
    尊敬自己（名言欣赏之二） 4
    天无绝路（名言欣赏之三） 5
    学会欣赏（名言欣赏之四） 6
    和谐本质（名言欣赏之五） 7

二、**旅游见闻** 9
    出门四字诀——"身手钥钱" 9
    我爱骑行 10
    征服十八弯 11
    夜骑白梅 13
    人在途中 14
    车过长沙 15
    印象广州 15
    小蛮腰 16
    雾里悟道 16
    美丽天津 17
    阳澄大闸蟹 18
    游崇明岛 19
    柚乡新景 20
    我不敢说是过客 21
    难忘的掌声（南美见闻之一） 22
    简朴而高效的交流（南美见闻之二） 23
    与时俱进的育人理念（南美见闻之三） 24

自由开放的学生（南美见闻之四）……………………24
　　享福永福……………………25
　　醉卧星城……………………26
　　再见了，北京………………27
　　又见萧山……………………28
　　郑州
　　　　——恨不得拥你入怀的城市……………………29
　　牵挂东兴……………………30
　　结缘马山兄弟………………31

三、刊物寄语……………………33
　　用妙笔描绘卓越人生………33
　　随风潜入夜，润物细无声
　　　　——纪念丝雨文学社三十周年华诞……………34
　　写作与炼心炼智
　　　　——为中本132班《左岸》而作………………36
　　祝福你，同班同学
　　　　——为133班同班同学而作……………………37

四、会议讲话……………………39
　　在911中文班同学聚会上的讲话…………………39
　　在母校五十华诞庆典上的讲话……………………40
　　结缘文传院，热爱文传院，梦想逐心愿…………41
　　健壮我们的体魄，高贵我们的灵魂………………44
　　硕士生导师与新生见面谈话录……………………49
　　载歌启航，过好五种人生…………………………50
　　让梦想照亮未来……………53
　　身处悬崖，心有所托………54
　　新年献词……………………58

五、工作感怀……………………60
　　我的教育理念………………60
　　学生发展问题的思考………61

专业自信 …………………………………………………… 62
　　话说笔记 …………………………………………………… 63
　　给自己一个学习的理由 …………………………………… 64
　　好学生的标准 ……………………………………………… 64
　　公差 ………………………………………………………… 66
　　"博雅大讲坛"顺利开讲 …………………………………… 67
　　人文讲坛 …………………………………………………… 68
　　关于学术讲座 ……………………………………………… 69
　　一份珍藏的记忆 …………………………………………… 70
　　不能参加考试，谁之过 …………………………………… 70
　　请别挑战规则 ……………………………………………… 71
　　感谢与祝福 ………………………………………………… 73
　　不要扩大损失 ……………………………………………… 73
　　成龙赠礼 …………………………………………………… 74
　　心灵之约 …………………………………………………… 75
　　坚持就是胜利 ……………………………………………… 75
　　创意写作理念 ……………………………………………… 76

六、乡土情怀 …………………………………………………… 78
　　我的故乡——客家围屋的经典之作 ……………………… 78
　　岭南文化风骨　中华民族脊梁 …………………………… 83
　　美食记忆 …………………………………………………… 86

七、现象反思 …………………………………………………… 88
　　谁扼杀了创作的天性 ……………………………………… 88
　　爱的感觉是什么 …………………………………………… 88
　　最美的变现 ………………………………………………… 89
　　关于审美表达的理解 ……………………………………… 90
　　我真的老了吗 ……………………………………………… 91
　　端午节不能互祝快乐吗 …………………………………… 92
　　悲喜交加的七夕 …………………………………………… 92
　　思维方式与贪腐 …………………………………………… 93

高山仰止 94
  学术盛典 95
  继往圣绝学 96
  爱孩子，就从小爱起 97

八、人生感悟 99
  道德文章 99
  感动的理由 100
  悦读微信 101
  及时药 102
  个人进步的动力是啥呢 103
  散文是什么 104
  我们写作为哪般 104
  苏格拉底的坚持 106
  师傅珍贵的临别赠言 107
  为生命备份 108
  别让名字蒙尘 109
  我爱手表 110
  自我批评 112
  为开心加油 113
  平静则安 114
  羊年吉祥 115
  再不敢说不吉祥的话 116
  凭祥猎物 117
  听"美国文化何以强大"的感受 118
  大师品性 120
  我们靠什么立足 121
  写字安神 122
  猫和老鼠的博弈 122
  大红虾子的悔悟 123
  中药药方的奥妙 123

享受写作 ································· 125
打通自己的气脉 ························· 126
删减的智慧 ······························· 127
愿作父亲的一个卒子 ···················· 128
守望 ······································· 130
挑战的价值 ······························· 132
有梦的冬天不会冷 ······················· 133
雄鹰的理想 ······························· 134
微尘心自知 ······························· 135

诗歌篇

马上出发 ·································· 141
镇远印象 ·································· 142
雨后六靖 ·································· 143
再见，凤凰 ······························· 144
悠然农庄话悠然 ························· 145
骑行有感 ·································· 146
休闲时光 ·································· 146
旅游如诗 ·································· 146
凭祥海关 ·································· 148
友谊关 ····································· 148
访问王力先生故居 ······················· 149
长春之冬 ·································· 149
别了，圣地亚哥 ························· 151
我想做这样的人 ························· 151
长进瓜果里的善良 ······················· 152
请别羡慕别人 ···························· 154
理想是什么 ······························· 155
我仍然相信 ······························· 156

清明喜雨 ··· 157
节日快乐 ··· 157
给女生的祝福 ····································· 158
老牛 ··· 158
小鱼哪里去了 ····································· 159
博物馆 ··· 161
我家的门墩 ······································· 163
堂中依旧满阳光 ··································· 164
竹贤亭 ··· 164
观鹭亭 ··· 164
故乡的城墙 ······································· 165
流星 ··· 166
车票 ··· 167
开学了 ··· 167
我在母校等你 ····································· 168
同窗即是福 ······································· 170
如果时间还来得及 ································· 172
赴约 ··· 173
学位服 ··· 174
集合未必伤离别 ··································· 176
此景一定成追忆 ··································· 177
祝福 ··· 179
学子欣然壮志酬 ··································· 179
破浪长风正当时 ··································· 180
我的天空我做主
　　——献给文学与传媒学院2013届毕业生 ········· 180
难忘的三月
　　——献给恩师张玉能教授 ····················· 182

人生没有彩排 ……………………………………………………… 184
祝福伴你走天涯
　　——为文学与传媒学院2015届毕业生而作 ………… 185
书声如浪慰先贤
　　——为玉林师范学院十大文化景点之读书广场而作 … 186
杏坛欣遇舜尧天
　　——为玉林师范学院十大文化景点之玉师广场而作 … 187
家国栋梁圣道栽
　　——为玉林师范学院十大文化景点之孔子广场而作 … 187
王公圆梦出英才
　　——为玉林师范学院十大文化景点之王力湖而作 …… 187
原来水面落香兰
　　——为玉林师范学院十大文化景点之玉兰湖而作 …… 188
钟声含韵直飞天
　　——为玉林师范学院十大文化景点之天南湖而作 …… 188
有韵琴声卷浪中
　　——为玉林师范学院十大文化景点之天南湖而作 …… 188
荔林讲道业精通 ……………………………………………… 189
只因最美荔枝红
　　——为玉林师范学院十大文化景点之荔枝林而作 …… 189
书声阵阵胜松涛
　　——为玉林师范学院十大文化景点之松树林而作 …… 189
不改痴心向碧空
　　——为玉林师范学院十大文化景点之桃花林而作 …… 190
挂榜千年翰墨香
　　——为玉林师范学院十大文化景点之桃花林而作 …… 190
彩色瓜果
　　——为玉彩田园之瓜果而作 …………………………… 190
闹钟的宣言 ……………………………………………… 191
风扇的温馨提示 ………………………………………… 192

路灯羞涩的独白 ……………………………………… 192
花瓶与花的对话 ……………………………………… 192
录像机的心声 ………………………………………… 193
阶梯励语 ……………………………………………… 193
电视机和遥控器的贴心对话 ………………………… 194
床头灯的胸怀 ………………………………………… 194
发言席的经典发言 …………………………………… 195
吹风筒的温馨提示 …………………………………… 195
电话机的情怀 ………………………………………… 195
高位而不高调的空调 ………………………………… 196
垃圾桶的担当 ………………………………………… 196
冰箱的火热情怀 ……………………………………… 197
羊毫笔的痴情 ………………………………………… 197
应急灯心语 …………………………………………… 197
年年粽子总飘香 ……………………………………… 198
美味早餐不美丽 ……………………………………… 198
青春的模样 …………………………………………… 199
我在夏天抢红包 ……………………………………… 201
守夜之一 ……………………………………………… 202
守夜之二 ……………………………………………… 203
风景就在身边 ………………………………………… 205
梦回舞台 ……………………………………………… 206
没课的时候 …………………………………………… 207
关于写作的理解 ……………………………………… 208
乘坐高铁的感受 ……………………………………… 208
陪谢冕、孙绍振和吴思敬先生回玉林 ……………… 209
虚度光阴 ……………………………………………… 209
百岁大师莅临玉林 …………………………………… 210
抽烟 …………………………………………………… 211
为父之感 ……………………………………………… 212

当你病了 212
选择坚强 213
开往春天的地铁 214
我的农民兄弟 215
留守儿童的泣诉 218
谁陪我终老 221
向母亲致歉 223
我的士兵 225
我的老师
　——2015年教师节有感 227
少帅张学良 229
不见不散
　——给我的青年朋友 230
同学小聚 232
开心就好 232
筷子兄弟的情谊 233
密码 234
执笔忘字 234
暗箭 235
半夜惊雷 236
厚重诗集 236
玉林山歌（求婚） 237
玉林三月三 240
三行诗 241
处处笙箫胜画中 242
知君常笑始心安 242
一江秀水如锦屏 243
何道人生有沧桑 243
你只能按北京时间安排生活 243
转型学习 245

诗歌是什么 …………………………………………………… 245
邂逅 …………………………………………………………… 246
马航去哪儿了 ………………………………………………… 247
谁偷走了我的睡眠 …………………………………………… 249
雾散天开 ……………………………………………………… 250
并非之一 ……………………………………………………… 251
并非之二 ……………………………………………………… 251
并非之三 ……………………………………………………… 252
并非之四 ……………………………………………………… 252
岁月如歌 ……………………………………………………… 252
荧光石与车灯的恩情 ………………………………………… 253
书柜的祈求 …………………………………………………… 253
窗帘的无奈 …………………………………………………… 254
梳子的喟叹 …………………………………………………… 254
相机的故事 …………………………………………………… 255
鞋子的温情 …………………………………………………… 256
暴虐彩虹 ……………………………………………………… 256
限速牌的心声 ………………………………………………… 257
花洒的哀求 …………………………………………………… 257
眼镜的自白 …………………………………………………… 258
酒的忠告 ……………………………………………………… 259
恋家的钥匙 …………………………………………………… 259
赤胆忠心的茶 ………………………………………………… 260
挂在天边的壮锦 ……………………………………………… 260
陪你一起飞
　　——写给卓越写作班的同学 ………………………… 262

后记：别让思维停下来 …………………………………… 265

散文篇

一、名言欣赏（五则）

认识自己（名言欣赏之一）

古希腊的一座神庙门前的石碑上刻着一句话："认识你自己。"这句话看起来很平常，但是，如果从人类整体看，人有认识自己的自觉要求是自文艺复兴时期才开始的；如果从个体来看，情况就更复杂了，很多人也许一辈子也不能认识自己。

希腊著名的神话《俄狄浦斯王》中有人类认识自己的一次尝试。神话中的忒拜城城门曾有一个人面狮身的怪兽，名叫斯芬克斯。有一段时间它每天要求出入城门的第一个人回答它出的谜语，回答对了，放行；回答错了，吃掉。它的谜面是：有一种动物，早上用四条腿走路，中午用两条腿走路，傍晚用三条腿走路，这个动物是什么？很长一段时间都没有人能回答出来，很多人因此丧身狮口，弄得忒拜城人人自危。一直到俄狄浦斯出现，才解决了这个问题。它的谜底是"人"。因此，认识人本身是需要智慧的。

但是，从此之后，人却一直生活在愚昧和受奴役的状态。生产力的低下和统治阶级的愚民政策，让人们都相信自己的命运是受上天支配的，是受神统治的，只有神才是神圣的。《圣经》更是把人看成是带着"原罪"来到这个世界的，人是卑污的，他一生的主要工作就是"赎罪"。

一直到文艺复兴时期，人们才发现，人并非如书上或传教士所说的那样肮脏，而是很伟大的。莎士比亚称赞人："人类是一件多么了不得的杰作！多么高贵的理性！多么伟大的力量！多么优美的仪表！多么文雅的举动！在行为上多么像一个天使！在智慧上多么像一个天神！宇宙的精华！万物的灵长！"

这时候人们才猛然醒悟，自己原来是多么神圣和伟大！

到了18世纪，德国出了两个天才哲学家，康德和黑格尔。康德充分肯定了人的先天才能，但他还有所保留，认为人的认识能力还是有限的，不能认识现象界之上的"物自体"。黑格尔则认为，人的心灵能认识一切，人的心灵能美化一切。自此之后，人类真正把认识自己当成最为重要的事情来经营。

1879年，德国的费希纳在莱比锡设立世界上的第一个心理实验室，正式从自然科学的角度研究人的问题。到今天，从生理学的角度看，人对自身的认识已经到了"透彻洞悉"的地步了。但是，对人的心灵，还不得不留下很多"假设"。

因此，人是非常复杂的高级动物。

因此，只有自己才能认识自己。

我认为，在当今时代，人对自己认识的当务之急是认识自己的长处，然后加以发展，把自己的长处发展到别人（主要是周围的人）难以企及的高度，那么，你就能傲视群雄（当然要记住不是孤立于群雄）。当你具有足以为周围的人服务的本领并乐意为他们服务的时候，你的一生就乐趣无穷了。这就是"认识你自己"给我们的启示。

尊敬自己（名言欣赏之二）

每一个人在现实生活中都必须处理好的四个关系是：自己和环境的关系、自己和社会的关系、自己和他人的关系、自己和自己的关系。在这四个关系中，我认为最重要的是自己和自己的关系，因为这个关系会影响到其他关系的处理与和谐。

怎么处理自己和自己的关系呢？德国伟大的哲学家黑格尔说："人应该尊敬他自己，并应自视配得上最高尚的东西。"这句话，可以作为我们处理自己和自己关系的标杆。

这句话的关键词是："尊敬自己"和"配得上最高尚的东西"。世界上有很多优美的、高尚的、值得我们去追求和拥有的东西，这些东西的获得，需要自己付出一定的努力和代价。有些人因为对自己的潜力和能力认识不足，往往未曾尝试努力就放弃，有些人也浅尝辄止，一旦碰到些微的挫折就灰心丧气。总的来说，是因为不相信自己也能够拥有这些美好的高尚的东西。

而对自己的潜力和能力有充分估计、并对自己有充分信心的人，一方面会为这些东西所激动，一方面相信自己配得上，所以他们不管要付出多大的努力，不管将要碰到多大的困难和挫折，都一直朝着这个目标前进。奋斗的过程也许是脚踏泥泞、头顶霹雳，甚至曾经是身心俱受多次打击，但他们从不放弃，把困难和挫折当成是对自己意志的磨砺、把打击看成是上天对自己的考验，最终，凭着坚韧不拔的意志和坚持不懈的努力，成功地实现了自己的梦想，他们也因此成了后人景仰的伟人。

相信自己，尊敬自己，这是一种很重要的精神力量。黑格尔告诉我们："精神的伟大和力量是不可低估和小视的。那隐蔽着的宇宙本质自身并没有力量足以抗拒求知的勇气。对于勇毅的求知者，它只能揭开它的秘密，将它的财富和奥妙公开给他，让他享受。"

这个至理名言，值得我们深思和铭记。

天无绝路（名言欣赏之三）

学位论文进入最后冲刺阶段的时候，我的感受是很复杂的。一方面感觉到很艰难，因为以前积累的材料基本上用完了，这样就必须不断地寻找新的材料，论文的进度自然就很慢很慢了。缓慢的速度的确让人觉得痛苦和焦虑。另一方面又有冲破黎明的黑暗前的幸福期待。在临近不惑之年，再次寒窗苦读，个中滋味唯有自己才能感受。眼看着苦难即将结束，不免暗暗自喜。

从中学到现在，我经历的挫折有很多，真的是不堪回首，几乎所有的进步都要付出艰辛的努力。但是，值得自豪的是，几乎想要得到的东西，上天都赐给我了。自己虽然失去了很多别人休闲的快乐，但也收获了很多别人无法体验到的幸福。

为什么会这样呢？我当时不经意间读到了西方的一句谚语：上帝在为每个人关闭一扇门之后，肯定同时为他开启一扇窗。这是多么精彩的一句话。它说明：上天是公平的，他不会让人绝望于尘世。

这句话真的让我彻悟了很多事情，它也使我具备更强的承受生活苦难或人生挫折的能力。因为我相信：即使上天不让我轻松地从大门走出，也会为我留下一个充满阳光的窗口。

当然，从窗口爬出，需要一些智慧。

学会欣赏（名言欣赏之四）

现实生活中的每一个人都有这样的心理需要：希望得到别人的欣赏和肯定。马斯洛把这种心理需要称为归属和爱的需要。很多人能够游刃有余地处理复杂的人际关系，很重要的一个原因就是他会欣赏别人。人往往就是在别人的称赞声中不断地完善自己并施恩于人的。

如何才能做到欣赏别人呢？首先，也是最重要的是要善于发现别人的优点。生活中的每一个人都有自己的独特优点，这是毫无疑问的。有些人是外秀，有些人是内秀，这是一种客观事实。孟德斯鸠说过一句很经典的话："上帝以一种方式造就了女人的美丽，女人却以千万种风情展示其可爱！"这话说得多好！现实生活中的女人的确是以其万种风情把我们这个世界装扮成风景的——有的是以美丽吸引人，有的是以魅力打动人，有的是以魄力折服人。即使是像老舍笔下的虎妞，她也有不可小觑的优点：能以无穷的体力承担生活的重担！

所以人不可能没有优点,正如罗丹所说:"生活中不是缺少美,而是缺少发现美的眼睛!"在发现别人优点的基础上,大胆地、巧妙地告诉别人,这是学会欣赏的第二点。

睁大自己的眼睛,用心发现别人的优点,你就会觉得生活永远是丰富多彩的。

大胆地、巧妙地把别人的优点告诉他,你就会觉得生活永远是快乐、幸福的。

和谐本质——名言欣赏之五

近日读德国当代著名哲学家海德格尔的《追忆》,书中有一段关于和谐的看法,他认为"和谐(ausgleich)……不意味着要消除差别,让一切平等,而是要让不平等的各方在差别中做到心态平衡,安居乐业。"这是我目前所看到的关于和谐的最好的定义。

这个定义意味着,差别是永恒的,不平等是客观存在的,不管历史怎么发展,都不可能完全消除不平等。但是,人们凭着智慧可以实现和谐,这个智慧就是让不平等的各方做到心态平衡,使每一个人都能够安居乐业。

追求平衡是人的心理要求,这是近代心理学家证明了的。人们往往通过比较付出和所得之后平衡自己的心态,如果自己的付出和所得有很大的差距,就很难平衡了,也就很难到达和谐状态了。

美国的心理学家做过一项很有趣的试验。他们让一些人每人拿 100 美元分别在不同的城市做分配,方法是:让这些人拿着 100 元钱去分配给其他人,如果分配成功了,这 100 元就按分配的比例分给他们;如果分配不成功,这 100 美元就被收回。结果发现,分配成功的人分给对方的比例都在 35%以上,那些只给对方很少一部分的人却失败了。这说明,即使是不劳而获的分配,也需要一种平衡,否则,他们宁愿不要,也不允许有失公平的事的存在。比例越低,分配对象的不满情绪就越大。有的甚至说,我宁愿不要,也不愿受侮辱。

因此,寻找能使双方平衡的点很重要。找到了平衡的点,就有可能使一定圈子里的人感觉到和谐的快乐。

所以,快乐源于平衡,平衡创造和谐。

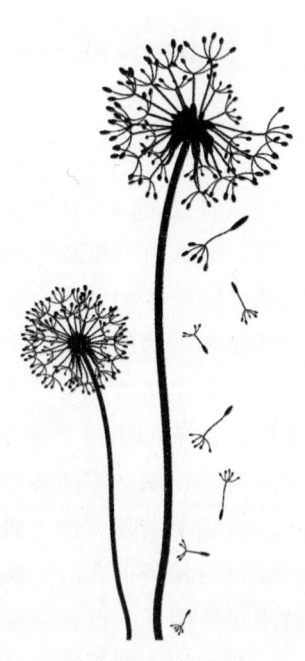

二、旅游见闻

出门四字诀——"身手钥钱"

当出门成为一种生活常态的时候，我们就很容易忘记一些东西。但是，有四样东西是无论如何都不能忘记的，特别是在宾馆或其他公共场所，那就是身份证、手机、钥匙、钱包。

身份证关系到你的住宿，乘飞机更是少不了。有一次，我一位同事在机场办理行李托运时，把身份证放在托运的行李中了，结果，为了找回身份证，飞机误点半小时。

手机是你远离熟悉的生活圈后与别人联系的便捷通道，"失联"的误会有很多。另外，手机内存有很多重要信息，说不定别有用心的人会利用这些信息诈骗你的亲人、朋友。

钥匙是平安符，你管好它，意味着你要平安回家。有些人以为回家后总有人为你开门，这当然不错，但关键是，你要能独自开门。

钱包是财运的标志。民间虽有"失财消灾"之说，但失财毕竟不好，很影响心情，甚至影响你的一生。如玛蒂尔德·路塞尔夫人，就因为偶然的失误付出了十年艰辛的劳作，沧桑人生的走向再也无法改变。男士的钱包往往还装有很多证件和银行卡，丢失钱包的损失真的难以估量。

因此，我觉得有必要记住"出门四字诀"：

出门切记四个字，身手钥钱是先知，
入心入脑为良策，人生从此无危机。

祝各位出门平安吉祥！

我爱骑行

去年12月，我偶遇一位同事骑车，他那辆漂亮的崔克自行车吸引了我。我试骑了一下，马上就意识到，骑行，或许是我今后的运动方式了。

我历来喜欢运动，篮球、游泳都是曾经让我几乎无法自拔的运动。但是，2003年，我在篮球赛中不小心闪了腰，从此落下腰疼病，就远离了球场。游泳又受到季节、场地的限制，也慢慢疏远了。也曾有一段时间爬山，终因限制过多不能坚持。远离了运动场，远离了运动，身体毛病慢慢多了起来。脂肪肝、尿酸高（最高值达729，正常值420以下）成为身体常态。特别是尿酸高已经成为折磨我的主要敌人。生命在于运动，病因在于不动，这是真理。因疾病远离运动，远离运动又带来疾病，运动和疾病几乎成了康德的"二律背反"的经典例子。

就在自己纠结怎样解决运动和疾病的矛盾的时候，我有幸进入了骑行的行列。从买车到现在，共半年时间，我骑行了近2000公里，其中远足骑行（每天骑行60公里以上）4次，我已经深深地体会到骑行的快乐。

远离日常事务缠绕，一乐也。长期以来，我已经形成"工作至上，追求完美"的习惯，因此，不管是上班还是下班，考虑最多的是如何把工作做得更好。"十全十美是上帝的尺度，追求十全十美是人的尺度"几乎成为我不断追求工作完美的箴言。实话说，追求完美的工作效果，也的确使自己收获了很多。但是，长此以往，身体真的吃不消，心理压力也有增无减。骑行，改变了我的工作方式。在骑行中，我心无旁骛，更不会想到工作上的事情，轻松的感觉真的很爽。

欣赏美丽景色，二乐也。周末，车店老板都要组织郊外骑行。我跟随他们跑了 4 次，每次都在 60 公里以上，有两次超过 80 公里，最远的一次刚好 100 公里。沿途景色有绿油油的庄稼、古旧的村庄、绿树成荫的山道、清湛湛的水库、成群飞舞的蝴蝶、悠闲飞翔的鸟群，各种充满活力的动植物无一不让我感觉到独立与自由的可贵，无一不让我感觉到心旷神怡，驰骋山水间，快乐透心甜，真好。

结交有共同兴趣的朋友，三乐也。在我们这座小城，骑游的队伍已经形成了相当的规模。每天夜幕降临，你都会看到尾灯闪闪的山地车成群出行，这种代表着速度、力量和悠闲的车辆，让人无比兴奋。最重要的是，这一群酷爱运动的人，很多是上知天文、下知地理的牛人。和他们在一起，总有通俗而又共同关心的话题，特别是聊车、聊运动，几乎都是专家。共同的爱好和话题，让你觉得每一个人都值得尊重而且都得到了尊重，归属感的快乐是发自内心的快乐。

远离疾病缠绕，四乐也。骑行半年后，我的体重降了，从 68 公斤降到 64 公斤，脂肪肝消失了，腰疼毛病几乎好了（原来明显的痛点已经消失），连续站着讲课 3 小时也没有问题了，精神状态焕然一新。记得去年夏天自己想骑车到离家不到 2 公里的市场买点东西，骑车不到 500 米，就觉得很累，现在，连续骑行 30 公里，也还觉得意犹未尽。身体好，心情就好，一点不假。

当然，骑车的快乐远远不止上述四点，无论什么时间骑行，我都经常享受到意外的惊喜和快乐。

我爱骑行，这是真的。

征服十八弯

6 月 22 日，两轮同游联合狼人俱乐部一行的 12 人一同征服了被称为"亚洲第一经典线路"的大容山十八弯。

十八弯位于大容山上山的东线，我们的线路是：玉林—太阳村—大里—

新圩—六洋水库—大容山东线水渠—东进桥（该段被自行车运动爱好者誉为"亚洲经典骑行路线"）—大容山国家森林公园—天籁景区—莲花山庄景区—244台—桂东南第一峰—大容山正门—民乐—西琅—新圩—玉林。全程130公里。走过之后，我明白该线路为什么被称为第一线路了，至少有以下几个原因：

一是景美。沿途森林密布，品种繁多，阔叶林四季不败，针叶树一年长青，青翠欲滴，表现了强大的生命力，人行其中，总觉得生机勃勃。

二是空气清新，仿佛天然氧吧。在此之前，我曾经在骑行小平山途中的山坡上差点憋气晕厥，当时也许是刚骑行不久，经验不足，体力有限，与大容山比起来，还有一个很重要的原因是小平山途中的山坳比较闭塞，空气回流较差。大容山十八弯山谷开阔，森林茂密，氧气充足，所以，我们一路都没有憋气的感觉。

三是路险。十八弯路险的第一个表现为地面不少地方生长着青苔，滑溜溜的，骑行实在不易；路险的第二个表现为坡陡，几乎所有的坡度都在45度以上；路险的第三个表现是蜂多，从第六个坡开始，不断有地龙蜂盘旋，骑行者不得不小心翼翼。

四是坡长。从第一个弯开始到最后一个弯，长度有12公里左右，连续不断的"V"字形陡坡，是对骑行者最大的挑战。

我们在骑行上坡的过程中，大部分从第三坡开始就不得不以推车为主，虽然中间也有部分陡坡可以骑行，但仍以推车为主。

从坡地到盘山公路，我们用了将近3个小时。上来时，我一方面惊叹自己的爬坡潜力，一方面又不得不承认，十八弯的确太折腾骑手了。

途中，我们有一骑友出现腿抽筋的现象，他还是一位经验丰富的骑手，足见骑行之艰难。狼人俱乐部的小梁，精力充沛，且爱心十足，协助骑友把车推上去。所以，路途虽难走，骑友们心里还是热乎乎的。

征服十八弯，是我骑行过程中创造的一大奇迹，毅力和信心都得到了锻炼和提高。

夜骑白梅

8月21日晚，天朗气清，车友邀我夜骑白梅，我欣然同意。

白梅隶属于北流市，地处大容山腰，从玉林到白梅单程33公里。

下午7:35分，我们一行六人在二环路太阳村口集中出发，随行中年龄最大的是谢叔，他刚从西藏骑行回来，看他绝不像65岁的老人，倒像50开外的壮年，今晚他穿的是白色骑行服，显得特别精神。

一路飞驰，玉林到新圩，20公里的路程，不到40分钟就到了。出新圩后，路上车辆、行人渐稀，空气好像纯氧气一般，让人心旷神怡。宁静的田野，绿油油的稻田，天空轻飘着白云，好一幅田园风光。道路平坦，路人稀少，于是我们踩得飞快，耳闻的是沙沙的车轮声，甚为舒服。

离开新圩8公里左右，就到了大容山脚。从山脚到白梅，是5公里的山坡。此时山中已经是虫鸟欢歌的世界，虫鸣、鸟叫的声音此起彼伏，真正让我体会到了"蝉噪林逾静，鸟鸣山更幽"的美妙意境。由于长时间没有骑山坡，我骑得很慢，车友钟师傅不时回头照顾我。5公里的路程我用了30多分钟，中途没有休息，虽然速度很慢，但我终于成功抵达白梅村。

白梅村正在放电影《突破乌江》，有30多位村民在观看电影，也许是电影太精彩了，他们看得很投入，我们也不便打扰。

稍事休整后，我们骑车踏上归程。5公里的长坡，不到10分钟就到了山底。上坡容易下坡难对骑行者来说刚好相反——上坡不易下坡爽，耳边山风呼呼作响，完全盖过了车轮声，真的很爽。

车出新圩1公里左右，有一车友的爱骑发生故障，耽搁了20多分钟。10点35分离开，11点15分回到家。这样的速度，我自己都佩服自己了。

人在途中

人从出生的那一天起，就在途中奔波了。

小时候，走向何方，是由大人设计的，目标、路径，甚至方式，莫不如此。有时候虽然不愿意，但由于省心省力，所以，我们屈从了。

长大了，我们有了自己的目标，也有了选择路径的权利和能力，于是独立独行是我们在途中的形态。鲜花簇拥、掌声满地是我们的期盼，风雨交加、电闪雷鸣、坎坷曲折是我们的常态。

人在途中，身不由己。于是，有的人随波逐流，慢慢地失去目标，失去方向，最终碌碌无为，遗憾终身。

人在途中，选择自由。于是，有的人与时俱进，慢慢摸索到适合自己前进的路径，脚踏实地，勇往直前，最终硕果累累，幸福终身。

有的人，喜欢独处，所以，喜欢选择形单影只的浪漫之旅。

有的人，喜欢喧闹，所以，喜欢选择结伴群行的热闹之旅。

有的人，心细如丝，所以，无论是温柔的晨曦，还是壮丽的落日，他都能用心灵感受体验其独特的美丽，并为之欢欣，为之雀跃。

有的人，心粗如绳，所以，无论是晚霞温情的抚摸，还是星星多情的问候，他都置若罔闻，既没有丝毫的欢欣，也没有即使是瞬间的雀跃。

人在途中，沿途的美景因你的欣赏愈加美丽。

人在途中，沿途的风光因你的冷漠黯然失色。

你以怎样的心态与自然交流，自然就以怎样的脸色回报你。

有一次，我在途中碰到一位事业相当成功，教子却缺乏耐心的知识女性，她可能是被我在列车上阅读英语材料的"文雅"举动所感动，虚心地向我请教。我在细细倾听之后与她分享了自己教育孩子的经验。过后，她给我寄了两份她经营的礼品答谢我，这是我始料未及的。我自己则趁热打铁，一口气写了十篇"育儿之道的反思"，物质精神双丰收，那种感觉真好。

人在途中，风景在你。请你用心体验，用心欣赏吧。

车过长沙

10月1日，赴汉途经长沙，忽记起郭六芳的《舟还长沙》：侬家家住两湖东，十二珠帘夕照红，今日忽从江上望，始知家在画图中。

想起长沙的学友多次热情而到位的款待，见景生情，撰打油诗一首以谢长沙的学友。

岳麓山下谈经史，橘子洲头赏飞舟；
别后常恨君心细，丝丝情意惹人愁。

长沙，再见！

印象广州

广州，是新思想的发源地，是新思潮的策源地，是大英雄的产生地，是新时代的推动者。

近代康有为、黄遵宪，及至孙中山，他们的思想的形成，都得益于广州这片肥沃的热土。

当代邓小平，考察至深圳、广州，受广州的和煦南风之启发，果断画了一个圈，改革开放之潮迅速涌起。

近代林则徐，得益于广州人民的鼎力支持，果断地在虎门点燃了焚烧英国鸦片的熊熊大火。

黄花岗前，七十二烈士振臂高呼，驱除鞑虏，恢复中华，以鲜红的热血铸就了中华民国的最初形象。

牛仔衫、喇叭裤、迷尔裙、豪华酒店,及至企业体制改革等新生事物,无一不与广州息息相关。广州,借助于南海风暴的强劲威力,推动时代列车快速行驶。

今天,即使在外地,广州话仍是许多人争相学习、模仿、研究的语言,这足以看出广州的影响力。

对我而言,广州是一个可有可无的驿站。我只能躲在远处,悄悄地,仰慕她。

小蛮腰

宾馆正对面,恰好是广州新景之一——广州塔。该塔整体高600米,为国内第一高塔。因其形状妖娆:似蛇迎风舒展其腰,似柳顾盼尽呈其情,晚上摇曳的灯光更为其平添许多妩媚,故广州人亲切地称其为"小蛮腰"。因感其形之美,特撰打油诗记之:

羊城小蛮腰,凌风展节操;
顾盼倾人城,妖娆倾人国。
位高居第一,品位世无双;
独立却不孤,只因其品高。

雾里悟道

今晚在长春市区一家满族餐厅吃饭,吃的是正宗羊排、羊蹄,味道很重。然而,让我感受深刻的还不是肉的味道,而是店的味道。

小店装修简朴，小小地盘被分割成一个个或坐四人，或坐六人的小间、方桌、条凳。一坐下去，相互之间看不见，声音也互不干扰，适合几个朋友喝酒、聊天。就在这小小的空间里，主人仍不忘给员工，给顾客以文化的熏陶。墙上的一副对联引起了我的兴趣。

上联：人生雾里人生悟。

下联：理想城中理想成。

上联非常贴切地写出了小店的情景及其对员工的提醒：我们生活在雾气缭绕的环境中，但我们不能被雾遮住双眼，要靠悟性来理解环境，理解人生。下联也是如此：本小店是帮助你圆梦的理想之城，只要你努力，一定会成功。对联中间贴的是员工的理想目标及承诺。员工出出入入都看到那副对联和自己的承诺，责任在肩，步子会踏得更为坚定有力。

这副对联彰显的是小店主人的良苦用心，为自己，为员工，为顾客的理想情结。这副对联又让我想起在南昌的一间福利彩票店看到的一副对联。

上联：多买少买多少都要买。

下联：迟中早中迟早都会中。

对顾客的体贴与诱惑都非常到位。我相信，这间小店的生意一定很好。

雾里悟道，是非常享受的。对联内涵有时也像薄薄的轻雾，悟出其中的意义，真的很享受。

据说，在桂平某镇一户农家，有这样一副对联。

上联：清华北大我不去。

下联：玉林师院有我名。

横批：金榜题名。

各位看官，你从中悟出了什么呢？

美丽天津

今天有空再次赴天津观赏其美丽的容颜。

从北京南站到塘沽口，一个小时的车程。下车后，L 哥的同学直接拉我们到当年的老渔村参观。那里正是英法联军登陆侵华的地方。

我们所见的港口犹如涅槃的凤凰,不留半点枪弹伤痕,其美丽的容颜不再有半点苍凉。时间,真如一把雕刻的利刃,切却曾经的忧伤,留下该有的美丽。这个改变,也是华夏民族日益强大和自信的证明。

当然,就整个天津而言,是无法撕去当年那段伤痛的履历的。租界的建筑群就是证明。它们的存在曾经是中华民族的屈辱。今晚,多姿多彩的霓虹灯却告诉游人:"物是人非古今事,国富民安靠自强。"租界建筑物是一个沉重的惊叹号,其厚重的历史对当代人是一个无言的纪念碑,让当代人谨记过去,珍惜当下,开创未来。

早几年,天津精心打造的文化一条街已成为天津人民构建精神支柱的重要场所,也成为展现天津市形象的一张新名片。华灯初上,书香四溢,天津人民可以骄傲地说:"茶亦醉人何须酒,书自香我不须花。"

地铁站附近的广场,今晚也尽展璀璨之美丽。

天津之美更在于天津人的热诚心肠。我们中途问了一次路,一位老大爷用自豪的天津话将路的方向、特征和附近建筑物的细节一一告诉了我们。那种认真负责的精神,着实美丽。

景美,物美,灯美,人美,是天津的"四美"。愿这"四美"在天津长驻!

阳澄大闸蟹

今天在苏州阳澄镇吃到了正宗的阳澄大闸蟹,其味之鲜、醇、香确是让人回味无穷。在回南京的快速列车上,遇到两位很健谈、很漂亮的大一女生,我都舍不得开口说话,生怕美味飞走了。

让我难忘的还有朋友对大闸蟹的介绍。大闸蟹是好斗的水生动物,特别是被捕之后,它们往往相互埋怨,相互指责,于是相互格斗。斗起来是毫不客气的,大剪刀抡起来就剪,毫不顾及对方的性命。弱者被剪伤后往往因伤口感染而很快死去。

我终于明白，渔民为什么要绑住那些大闸蟹了：不是防护，而是保护。因为大闸蟹对人的伤害不大。绑住它们，是为了延长它们的生命。当然，也是为了使更多人品尝其鲜美的味道。

保护他人，幸福自己，是苏州人的品格。也许，这是从对付大闸蟹的方法中悟出的。

游崇明岛

今天，会务组组织到崇明岛考察，同去的有张玉能、杨春时、王元骧、姚文放等知名教授。

受台风"海燕"的影响，上海今日降温低至10℃。出发前，微雨轻飘，凉风习习。我们都担心崇明岛降大雨，我则默默祈祷上天关照。

路上，我幸运地看到了王元骧教授写的一本书：《美学与人类社会》。书上有他的签名。那个签名真可谓龙飞凤舞，形象空灵而又稳实，美极了。未到景点，先有好心情，相当惬意。

天遂人愿，崇明岛竟是微阴无雨，微凉无寒的天气！

崇明岛位于长江入海处，离上海市约70公里，是一个冲积型小岛。其有三个特点：岛的形状还处在不断变化中；螃蟹居所通岛；芦苇长势茂盛。

也许是对大上海密集人群、车流以及污浊空气厌倦的缘故，许多上海人都喜欢到崇明岛呼吸新鲜的空气，所以岛上游人如织。在岛上，我第一次看见钓螃蟹，第一次看到芦苇的原生态。

钓螃蟹是一件很有趣的事，很多家庭都鼓励孩子垂钓。钓具是当地居民提供的，一杆芦苇，尽头处用短线扎一块橡皮当钓饵。钓者把钓饵塞进蟹穴，螃蟹闻见气味，以为是山珍海味，大刀子就去抓那块橡皮，钓者看得清清楚楚，马上把螃蟹拉起来。到钳的肉，螃蟹是不会轻易放弃的，于是，螃蟹就成了人的玩具。

在孙犁的《白洋淀》中，我见识过芦苇的作用。而今近距离观察，方知芦苇的确是水中伟丈夫。它们大约高 2 米，杆直，无旁枝斜叶，身上留有水的痕迹，却没有低头认输的媚态。值得把它移入画中，写进诗里。

柚乡新景

容县是著名的侨乡、柚乡。近年来，柚子逐渐成为农民增收的主要渠道。特别是自良镇和千秋村的柚子，更是农民致富的主要产品。其表橙黄光亮，其皮厚实柔韧，其肉清甜可口，其味氤氲芬芳。最值得夸耀的是，该果即使收藏半年以上也无损其味之清甜，所以被喻为水果罐头。每年霜降前后，漫山遍野的柚子一片金黄，浓郁的果香沁人心脾，村民欢畅的笑声、歌声成了村庄上空的主旋律。

今天，我有幸陪海南师大的毕光明教授再次去柚乡自良。但我们本次去的地方是一个尚待开发的风景区——容县北山。该山与被誉为南山的都峤山遥相呼应，它们共同撑起了容县蓝色的天空。

与都峤山森林公园不同，北山敦实平和，杂树丛生，从远处看，北山主峰酷似一个巨大的柚子，山体光滑，分瓣明显。山冲处有不少秀丽挺拔的红梨树，间或有一些粗壮的松树。松树虽然不多，但大多粗壮苍劲，最大的那棵松树一人都合抱不过来。大多数松树其顶如盖，其皮如龙麟，登上山顶俯瞰，这些松树仿佛是连接整座山林的卫士，错落有致地点缀着整个山林，使山林平添许多旺盛的生气。

从山脚至山顶，登山时间不到一个小时。踏着松软的泥土，吸着新鲜的空气，我们瞬间感受到了"空山新雨后，天气晚来秋"的舒爽，不时的鸟鸣，又让我们品味到了"蝉噪林愈静，鸟鸣山更幽"之奇妙。半山腰处，巨大的山体竟斜斜横出，从下往上看，竟如一个巨大的蚌壳。山上有潺潺流水，置身山腰,凉气习习,仿佛人间仙境。

蚌壳北侧,有成片翠竹,枝干不大,却挺拔、圆润、空灵、有力,让人不禁想起宋代诗人徐庭筠《咏竹》中的诗句:"未出土时先有节,待凌云后尚虚心",观其形,察其节,享其味,你就会明白苏东坡先生为什么有"宁可食无肉,不可居无竹"的感叹了,也自然知道竹林七贤为何能安心静坐论道了。置身竹林,澄怀观道,自是人间艳阳天。

登上峰顶,环顾四周,"山登绝顶我为峰"的豪气油然而生。东临绣江,山添灵气,北倚石表(藤县石表山),山增妩媚,南为盆地,柚树临风,村民住宅错落现于其中,人与自然和谐共处。置身如此佳境,诗意姗姗来迟:

山润坡披绿,绣江水流闲。
日暖鸟鸣翠,风过柚飘香。

据我考察,北山之美,不在其奇,更不在其险,而在其润。润泽的地表,润泽的植被,润泽的空气,无一不使人心旷神怡。

据与我们同行的旅游局领导介绍说,北山已列入容县旅游开发计划,生态北山,文化北山,休闲北山是其定位。我们有理由相信,更多的游客会在不远的将来品味到北山无穷的魅力。

我不敢说是过客

这几天,在美丽的海滨城市——北海度假,轻松休闲的节奏,竟使思维窒息,我真的找不到恰当的思路及话语表达方式。美丽、热情、宽容、好客的小城,使许多游客倍感亲切。也许是没有审美距离的原因,我竟无法言说,只好记录散乱的意念。

在这个美丽的城市,我不敢说是一个过客,因为欺生是许多城市的性格。于是我只好说着咸水的白话,冒充当地的老哥。

接二连三的问候，让我意识到经验的过错。陌生的异乡旋律，竟然唱着同一首歌：北海欢迎您，不管您是否来过。

　　热情的海滩大婶，热心的重庆的哥，闲聊热情似火，帮你一如自家大哥。推心置腹的问候，让我不敢说是过客。

　　傍晚我从海滩走过，沧海与蓝天一色，海鸥逐浪闲飞，渔民放歌庆收获。我亦浅唱低吟，不再低叹是过客。

难忘的掌声（南美见闻之一）

　　对我而言，南美一直是一个神秘的地方。桑巴舞、足球、聂鲁达、热带雨林、毒品、巴西红木，基本是我知道的全部。最近，我有幸到了智利和巴西，走马观花的考察，显然还是不可能更深入地了解这片神奇的土地。但是，通过一些细节，我已经强烈地感觉到，南美，已经不能用单纯的"神秘"来描绘了。

　　我们所说的"神秘"，往往是愚昧和落后，如果再这样理解，我们无疑就是愚昧的人了。

　　7月9日凌晨，我们乘坐法航的航班抵达智利首都圣地亚哥机场。飞机降落之后，机舱里立即响起了热烈的掌声。从肤色和模样看，机舱里大多数是南美人，部分是欧洲人，掌声集中在南美旅客中。我乘飞机无数次了，但是，我第一次听到了如此让人感动的声音。

　　随着航空业的不断发展，飞机无疑是最安全的交通工具，然而，由于马航和亚航空难事故的影响，很多人都有不同程度的担心。说实话，之前从北京到巴黎途中，当我们乘坐的飞机越过蒙古进入前苏联境内的时候，我是很担心导弹的。当飞机在巴黎戴高乐机场降落时，我长长地舒了一口气！但我没想到用掌声来表示感谢！

　　从巴黎到圣地亚哥，是长达12个小时不间断的飞行，飞机飞越大西洋和南美大陆，应该说，都是安全区域。但是，南美人并不因为是坦途就忘记感谢，发自内心的由衷感谢在热烈而长久的掌声中表现出来了。

我们也不由自主地跟着鼓掌！

这样的场合，这样的掌声，让你感觉到，南美人绝对是懂得感恩的人，在这样的土地上，你绝对有安全感！

简朴而高效的交流（南美见闻之二）

短短四天时间，我们先后访问了智利的阿尔贝托·乌尔塔多大学、太平洋大学和巴西的波拉卡伊大学。每所大学安排的时间都是两个半小时。访问给我的感觉是简朴而高效。

先说简朴。三所大学都没有横幅、水牌之类的欢迎标语，更没有鲜花和礼仪小姐迎接。会见地点也很普通，特别是在波拉卡伊大学，校长就借用了一个普通的实验室接见我们。这个实验室甚至没有洽谈桌。会谈结束，主人都很客气地送我们到门口（顺便说，这几所大学也可以说没有大门），我们就乘车走了。没有哪一所大学请我们吃饭，甚至连客套话都没有。

再说高效。会谈时间一到，分宾主落座后就直奔主题。双方分别介绍自己学校的情况以及拟开展的合作课题。介绍完毕，双方就可能合作的领域和项目进行深入的探讨，然后就进入了合作意向书的签订，最后是参观校园。没有多余的话语和环节。时间一到，主人礼貌送客！

这样的访问，在中国，是根本不可能的。中国的很多高校，预先都要做很多准备工作，住宿、欢迎标语、吃饭、车辆接送，等等。特别是吃饭，更是重点中的重点。最终，能否签合作意向书，还不一定呢！

这样的访问，依据是现代管理中的科学与理性原则。你来，我欢迎；你离开，我挥挥手，没有温情脉脉的虚假情节。应该说，这是南美人接受现代化管理理念的结果。

与时俱进的育人理念（南美见闻之三）

在访问大学期间，我们听到最多的几个关键词是使命、责任、合作与创新。

关于使命，他们认为，大学的使命是为社会培养人才，这也是大学的价值所在。

关于责任，主要是培养学生的责任意识，所以，在课程设置方面，关于人自身的发展，关于环境污染及其治理，甚至关于战争等社会热点问题，都是他们考虑的内容。

关于合作，这是培养学生的世界眼光和适应社会能力的策略，所以，他们重视与世界各国大学的合作培养，重视与企业的合作开发。

关于创新，他们认为，这是高等教育的灵魂，大学应承担起引领创新的重任，所以，他们重视创设创新的环境和条件，激发教师和学生的创新热情，主动投入具有创新可能的实践中去。

应该说，以上几个关键词都体现了高等教育发展的潮流，从中看出了南美国家与时俱进的教育理念。

我们听了介绍后，分别参观了各个学校的实验室和实践基地，看了学生开发或者制造的产品，我们强烈地感受到，这几所大学在先进的教育理念引领下，正朝着世界一流大学的方向发展。它们虽然都是私立大学，但办学理念却能与时代保持一致，这是非常可贵，也是值得我们深思和借鉴的。

自由开放的学生（南美见闻之四）

在校园同一时间段里，我们见到的学生有这么几种：一是静静阅读的学生，二是在参与小组讨论的学生，三是抽烟独处的学生，四是拥抱接吻的学生，五是闲聊的学生，六是在实践基地埋头创造的学生。

从中可以看出学生的自由度是很高的。据校方介绍，学生入大学不难，但要按时顺利地毕业却不容易。学校不管学生学习外的问题，诸如住宿、膳食、恋爱、结婚，甚至就业，学校都不管。这样的管理方式，就需要学生有高度的自觉性，也需要学校开设的课程足够吸引学生。

至于学生所学专业与就业的关系，他们介绍说，并不是很密切，学生没毕业已就业的情况也很普遍。关键的问题是学校要培养学生认识自我和适应社会的能力。

我以为，南美高等教育的管理方式是宽松和自由的，这样的管理，只抓问题的主要方面，其余由学生自己负责。学生必须学会选择目标，选择发展方式，选择承担责任。这样，他们适应社会的能力也许能够更快地提高。

享福永福

7月27日，我带妻儿到永福享福去了——看望在永福工作的学生莫富萍一家。

莫富萍是1999级学生，我当时是临时代课，因为现当代文学的一位老师突然有事，上不了课，领导就安排我给1999级的三个班代课。每周3节课。

那个年级的学生我几乎都忘记了，也许，他们也完全忘记了我。毕竟，这是我们学校合并前的班级，属于原师专的学生。也许，学生对我们从原教育学院来任课的老师有一种天然的陌生感，所以上课结束后，他们和我几乎没有任何联系。

唯独3班有几位同学过后还经常联系我，其中一位就是莫富萍。

无论是什么节日，我都能收到她的短信问候，并且，每在罗汉果收获的季节，总能收到她寄来的新鲜罗汉果。

她也多次带着孩子来玉林看望我们。有一次，是一家人来的，我请他们一家吃了凉亭鸡。

我每次去桂林，她都邀请我路过永福的时候去永福走走。

有感于她的盛情，7月27日，我们从桂林去了永福。

她与夫君朱富国先生（也是我们学校毕业的学生）一起到高速路口接我们。在见到她小两口的瞬间，我们觉得特别温馨和温暖。

虽然时间很短，他们还是带我们到了永福最有名的景点（金钟山）游玩。她的同事潘老师（也是我们学院毕业的学生）知道母校的老师来，也带着女儿一起来陪我们。

金钟山是典型的喀斯特地貌，其中有一个很别致的溶洞，洞内钟乳石以形象丰富多彩而赢得了游客的喝彩。

其实，带我们看自然风景是他们一家最朴素的愿望。在我看来，能在永福看见他们一家安宁的生活，就是最美的风景。他们的确生活得很有滋味，甚至可以说很有品位。先生努力工作，得到领导赏识，孩子努力学习，天天都有进步。他们的生活，没有因为多元化的物质诱惑而失去情趣，这是最宁静的生活。

看到他们一家如此安宁幸福的生活，作为老师，也有一种幸福的感觉。

醉卧星城

昨天从常德路过星城长沙，得到长沙同学的隆重款待。西米，子云，道谦，海哥，灿琼，周玲夫妇，江炜及其千金都来了，甚是热闹。我本已戒酒多日，却经不住同学的热情，结果是"不喝不喝又喝了，少喝少喝又多喝了"。见到那么好的同学，早已醉了，又喝那么多酒，更醉！原计划要登顶金雅国际大酒店观赏呵护长沙的吉祥之星的，因醉错过。酒醒，撰打油诗记之：

好客同学居星城，把酒接风倍热情，
千杯万盏难辞却，醉入梦乡望星星。

再见了，北京

我特意选择在立秋那天，来到北京。

刚到城门，就看见北岛很标志的宣誓，"走向冬天"，我开始怀疑，是不是，选择了一个错误的登陆日子。

一副副很年轻的面孔，在地铁上相互挤压，好像卡夫卡变形记里那些密密麻麻的注脚。

街面上呼啸而过的汽车，从地铁口出来匆匆奔驰的步履，形象地展示着这座城市紧绷的神经。

十字路口的广告牌，很夸张地渲染着北京的富有与繁华，"只要六万一平方"的轻松语气，却瞬间掀起我内心的风暴。

我抬头看看天空，灰蒙蒙地看不到星星，难道，天也为今晚的住宿发愁？

街边的银杏树，叶子疲倦般缩着，难道，它也渴望那金色的阳光？

我忽然想起父亲庄重的嘱托，去北京，一定要去看看香山红叶，可守门的大爷告诉我再过两个月，你才能看到红叶的美丽！

我暗地盘算了日期，那是离春天不远的季节，可我羞涩的盘缠，支撑不起那个美丽的童话！

算了吧，北京！算了吧，红叶！

天色微明，我决计趁早离开！

再见了，北京！

又见萧山

萧山机场是我首航的地方。

1998年7月18日，我在这个机场首次起飞。从没有乘坐过飞机的我，很有点紧张，毕竟，我对飞机的安全性一无所知。没想到，比我紧张还大有人在。有一位年过半百的同事，神情庄重，登机前一言不发。我也不敢问他。在飞机上，他接空姐传过的饮料时，竟然没接稳，饮料泼了一身，他好像更加紧张了，同样是一声不吭，空姐温柔的道歉他居然置若罔闻，我连忙替他致歉。

一直到飞机降落在白云机场，他才嘘了一口气说："我以为今天完蛋了！"我们很奇怪他有这个想法，他解释说，登机前，塑料鞋的鞋带突然断裂，这个不祥之兆吓着他了！

原来如此！过分朴素的人在那个年代不管是物质生活还是精神生活，都是如此可怜！

我虽然紧张，但我从没有过过分悲观的念头，因为我相信，想想美好的未来，是上天都会感动的！

首航的飞机穿过云层后，我第一次洞见了碧空如洗的真正内涵！可以毫不夸张地说，正是这个词语，抚平了许多乘客内心的波澜！

近几年，我乘坐飞机次数越来越多，最近的南美之行，持续飞行近30个小时。经验告诉我，飞机的确是目前最便捷最安全的交通工具之一。

我也越来越觉得，发明飞机的莱特兄弟是多么了不起，他们彻底改变了世界。

也许，没有牛顿力学，莱特兄弟就不会想到突破的方向和办法。当然，最关键的还是，他们勇敢地站上了巨人的肩膀，并勇敢地超越了巨人！正因为如此，江山代有巨人出，就不仅仅是诗意的描绘了。

今天，飞机真正成了"飞入寻常百姓家"的交通工具，但愿，大家都不再害怕。

移动，改变生活，飞机，改变世界！

郑州
—— 恨不得拥你入怀的城市

郑州，是我儿子人生旅途最重要的驿站。

四年前，我和妻子一起把儿子送到这个城市读大学。

师弟长平博士到机场接我们。师弟的热情，多少冲淡了我们对这个城市的惆怅之心。

我的惆怅，一是源于儿子不满意这个城市，二是源于填志愿时没有充分地考虑所填的专业，虽然我知道能源类专业就业前景一片光明，但又拿不出翔实的数据或事实说服自己，父子俩好像都不满意，所以觉得愧对儿子的努力和成绩。

回去之后，我们开始对这个城市日牵夜挂。无论是太阳初升的早晨，或是日渐西斜的黄昏，郑州，始终是我们最关注的方向。特别是妻子，郑州的天气预报，是其每天与儿子通话的重要内容。虽然，我们知道，儿子的坚强和独立能力，已经足以抵抗这座城市的任何风暴；儿子独特的眼光，也足以欣赏这座城市的任何风景，但我们却经常是因为思念而泪流满面！就像现在，我路过这个城市，想到儿子与妻子的不易，也忍不住热泪盈眶！

儿子对我们的选择——送他来这个城市，一直心存芥蒂，毕竟，这是一个人口拥挤，且高等教育得不到应有的重视，更没有应有地位的城市。临近毕业，儿子眼看着身边的同学一个个被各地的电企高价请去，才慢慢地对这个城市产生敬意。我们对儿子的变化自然高兴万分，心灵仿佛得到救赎，四年的煎熬终于修成正果。

很多人都说，因为一个人，而恋上一个城市，这是千真万确的！

牵挂东兴

东兴，曾是我非常神往的城市，因其传说中的美丽，更因其传说中的神秘——中越边界，交易特别，民风淳朴。但这几个月来，东兴成了我最牵挂的城市。

因为，有二十五个孩子在这边陲小镇顶岗实习。

我记得，三个月前，刚刚接到老潘教授的电话时，我心里很忐忑。老潘说，东兴本学期老师吃紧，希望我们派一些学生去支教。老潘教授把对方的条件向我汇报后，一方面我觉得是一个很好的锻炼机会，一方面又担心这些孩子能否适应这种独立的实习方式。更多的是担心这些孩子的安全。毕竟这是一个边境城市，学校情况、治安情况我们一无所知。

于是，我决定亲自带队去考察。

在东兴，我们受到当地学校领导的热烈欢迎。身负使命的我们丝毫不敢懈怠，详细地询问了对方的初衷及安排，还深入不同类型的学校实地考察了他们拟给孩子们提供的条件，包括校园环境、住宿、食堂、班级等。甚至，我们还对各个学校的领导态度进行了详细的考察。通过考察，我们有了底气，终于决定选派有志于锻炼的孩子前往东兴。

几个月来，东兴无时无刻不盘桓在我的脑中。孩子们的工作、健康、安全，始终是我牵挂的问题，甚至，他们的起居，也是我想象的主题。为了解他们，为给他们鼓劲，我们先后派出了两批教师前往东兴，罗雪松书记还亲自带队前往。考察教师每次回来后，我总是迫不及待地询问这些孩子的情况。听着他们眉飞色舞的汇报，我忐忑的心慢慢地放松下来。

前天，杨玉闪同学说，她们准备出实习简报了，问我能否给她们写一个卷首语。我毫不犹豫地答应了。因为，她们当时选择去实习时的果断态度让我感动，这是一种勇于担当的责任情怀，这是最打动我的地方。另外，这些孩子在东兴的出色表现，也让我欣慰、感动。期间，也有个别同学因为身体原因想提前结束实习，但最后都因为"责任"两个字选择了坚守，这是多么了不起的孩子！

实习很快就结束了，我在简报中看到了他们的坚强与自信，痛苦与欢乐，失意与收获，以及智慧的反思。我非常相信，东兴的风景，因为他们的身影而更加动人；东兴的山水，因为他们的点染而更加翠绿；东兴的花儿，因为他们的浇灌而更加芬芳。而他们的内心，也因为这段刻骨铭心的经历，而更加自信和坚强；他们曾经幼稚的面孔，也因为东兴风雨的洗礼，而变得成熟而魅力四射；他们的脊梁，更因为东兴风雨的砥砺，而变得更加挺直伟岸。

选择东兴，他们的人生履历增加了辉煌的一页。

牵挂东兴，我的记忆中增加了许多温情的故事。

感谢你们，我亲爱的孩子们！

结缘马山兄弟

这两天，我一直陪一位从马山来的农民朋友，各位可能觉得奇怪了，一名大学教授，怎么会与一名异乡农民有交集呢？

事情得从两年前说起。那年九月，我送儿子乘飞机去学校。从宾馆到机场，大概是一个小时的车程。我算准了时间出发。没想到，刚离开宾馆不到10分钟，我的车就在葫芦顶大桥上碰到一块之前可恶的工程车掉下来的石头，右前轮瞬间就没了气。我立即把车靠在路边，并试图换轮胎。可是，我以前太懒了，车辆的所有问题都是请人解决的，所以，我不会换轮胎。当时天还没全亮，路上行人、车辆都很少，我叫不到人来帮忙。心里一急，连脚都发抖。

正在我六神无主，心急如焚的时候。一辆大卡车忽然停下来，我马上向开车的司机求援。司机下来了解情况后安慰我们说，没事，一会儿就好。只见他熟练地支起千斤顶，三下五除二就把轮胎拆了下来。然后，又非常迅速地装好轮胎。前后大约十五分钟。轮胎装好时,司机的汗水湿透了全身。

换好轮胎后,我给他100元,他坚决拒绝了。他说:"这点举手之劳的事我怎么能收钱呢,你们还是赶紧赶路去吧。"我们拗不过他,只好交换电话后离开了。我们当时非常感动。四面八方遇贵人,年年春节的祈祷再次得到实现,那天的贵人正是马山县的兄弟。

后来,逢年过节这位兄弟都发短信问候我们。

早几天,他来电话说想来看我们,我一口答应下来。曾经在最困难的时候出手帮助过自己的朋友来访,我感到非常之高兴,也非常之荣幸。为能重见老友而高兴,为因得到老友的信任而荣幸。

两天很快就过去了,我陪朋友逛了城区几条街道,参观了市里最大的农贸市场。他显得非常满意。

也是这两天,我才了解到他的职业之辛苦,他的心灵之纯净。他说,作为农民的后代,必须努力地做事,正直地做人,才能立足于世上。

我为自己有机会结识这位马山县的农民朋友而自豪。

三、刊物寄语

用妙笔描绘卓越人生

前一段时间，2013级卓越班班长找到我，让我为班刊写点文字，我欣然答应了，因为我觉得，我的文字能和卓越班同学的文字刊发在一起，也是一种荣幸。

我曾经在很多场合说过，中文专业的学生最好能进入到以写作为享受的境界，为此，我在学院建设规划中，提出了建设写作队伍的口号，经过一年多的宣传、引导和培育，现在已经有不少同学喜欢上了写作，这是好事。

卓越班是我们的实验班，我们的目标是培养具有现代化教育教学理念，掌握现代化教育教学方法，并具有担当意识和可持续发展能力的卓越人才。卓越的标识是什么呢？我们也用八个字来概括：健康、底蕴、理论、技能。即卓越班的同学应该具有健康的身心，厚重的文化底蕴，深厚的理论功底，卓越的实践技能。在这几个方面中，技能是一个非常重要的标志。

写作，是最能体现人的综合能力的技能，因为写作关涉情、意、理三个领域。通过写作，人的审美感受能力、审美发现能力和审美表达能力都会得到全面的提高，整天与美为伴的人，就有可能发展成为全面发展的人，所以，现在很多高校，特别是综合大学，都非常重视写作能力的培养，中国人民大学、复旦大学等知名高校，最近几年开始了创意写作的训练，其目的就是培养更多的写作人才。

康德曾经提出艺术是天才的事业，这话不假，但康德过分强调了"天赋的才能",这就走远了,因为他使不少爱好写作的人对写作望而止步。事实上,写作能力是可以训练形成和提高的,只要我们养成审美的习惯,就有可能脱颖而出。

那么,审美习惯是什么呢?我认为,就是形象表达的习惯,说得到位一点,就是用故事或形象思考和表达的习惯。我们每天都要和不同的人沟通、协调,经常要说服别人接受自己的观点,我们发现,最容易让人接受的往往是故事和风趣的表达,也就是审美表达的方式最容易让人接受,这样的沟通方式,实际上就是文学表达的方式。

"文学的唯一源泉是社会生活",这是马克思主义文学理论中的一个重要命题,应该说,这也是一个真理。不过,有些人在接受这个观点的时候往往会片面地理解这个命题,以为一定要有直接的社会生活才是文学的源泉,这样,无形中就忽略了心灵的作用。

其实,在我们的成长过程中,岁月无时无刻不在雕刻我们的心灵。这些雕刻,或者是事件,或者是心灵的颤动,或者是语言,它们往往像矿藏一样沉睡,或者像源泉一样安静,一旦我们有意识地去发掘它们,它们很快会变成闪闪发光的金子,或者像源源不断的清流,到了这个境界,我们的写作就到了一个欲罢不能的境界。

我的意思是说,我们要努力提高自己的写作能力,也要相信自己有写作潜力,我们有理由相信,通过写作,即使我们不能成为作家,也能借助这生花的妙笔描绘我们卓越的人生。

我相信同学们,祝同学们不断进步!

随风潜入夜,润物细无声
——纪念丝雨文学社三十周年华诞

三十年前的一个夜晚,中文系一批志同道合的学子在月色溶溶的操场席地而坐，浩瀚的星空让他们激动不已。以文学为荣，借文学抒情，是那个年代的明显特色。站在时空的交汇点，他们豪情满怀，"指点江山，激扬文字"成为激励他们前行的时代风尚。于是，他们以青春的名义宣告"丝雨"文学社成立。

随风潜入夜，夜色斑斓多。三十年来，"丝雨"迎着风雨前行。反思的年代赋予其深刻，改革的年代赋予其锐气。时代的风云始终是其关注的焦点，校园斑斓多姿的生活始终是其不竭的创作源泉。立足校园，面向时代，始终让"丝雨"充满青春和活力。

润物细无声，声渐如洪钟。三十年来，"丝雨"在深邃的时光隧道暗暗地雕琢着中文系的品格。亲近文学，热爱文学，让文学成为阅读人生、改变人生的利器，慢慢地成为中文系的共识。一批批嫩芽在"丝雨"的浸润中慢慢地成长为参天大树，"丝雨"已经成为校园文化建设的重要载体。

"乱以尚武平天下，治以修文化人心。"今天，"丝雨"迎来了历史上最好的发展机遇。"文化自信"是时代的呼唤，文学始终是文化最重要的载体之一。以文学的方式承担时代的重任，以文学的方式参与构建华夏文化的自信行动，理应成为"丝雨"的应有职责。

文学与传媒学院近年提出了建设"四支队伍"（文学创作队伍、新闻写作队伍、广告策划队伍、文秘公关队伍）的设想，也为"丝雨"的发展提供了前所未有的条件。

在纪念"丝雨"文学社三十华诞之际，我多么希望文学与传媒学院的每一位学子都更亲近丝雨，更关心丝雨。以丝雨作为精神家园，在丝雨中构建自己的精神圣域；以丝雨作为发展平台，在丝雨中开拓自己的发展空间。"今天，我以丝雨为荣，明天丝雨以我为荣"，理应成为文学与传媒学院学子的共同声音。

衷心祝愿"丝雨"越来越好！

写作与炼心炼智
—— 为中本132班《左岸》而作

校园里的民谣让中文系的学生充满了艳羡的色彩:"中文系的学生文里文气",夸得真不错!"雨过琴声润,风来翰墨香",理应是咱们中文系学生生活的真实写照。

然而,要达到这样的生活境界,必须通过写作的刻苦磨炼,要不,那就可能沦为空想了。写作,既能炼心,也能炼智;写作,能让我们过上高品质的生活。

先说炼心。写作过程,是静心静虑的过程。它让我们穿越平凡的尘世,走向空灵飘逸的艺术世界。在这里,所有的对象都有生命,都有灵气。我们既可以与世界对话,也可以与自己的心灵对话。前者如李白的《独坐敬亭山》"众鸟高飞尽,孤云独去闲,相看两不厌,唯有敬亭山。"巍巍高山,是对话者,更是是心灵的安慰者。后者如德国著名哲学家康德:"有两种东西,我对它们的思考越是深沉和持久,它们在我心灵中唤起的惊奇和敬畏就会日新月异,不断增长,这就是我头上的星空和心中的道德定律。"与心灵对话,让康德在精神世界敬畏星空,在世俗世界敬畏道德定律,也正是这样的敬畏,让康德成为一个理性的人,一个纯粹的人,一个道德高尚的人。

再说炼智。炼智即对自己的潜能和智慧的开发和利用。从某种意义上来说,每一个人都是作家,因为文学是语言艺术,这意味着,只要你会讲话,你就可能是作家。当然,一般人和作家不同,这种不同表现在:第一,讲述的"事"不同,一般人讲已经发生的事,作家讲可能发生的事;第二,指向不同,一般人的讲话是直接指向现实世界,作家的讲话却是指向艺术世界;第三,运用的话语不同,一般人运用的是大家都熟悉的日常话语,作家运用的却是形象生动的"陌生化"语言。

以上这些差异，都源于作家的智慧。而智慧往往是埋藏在心灵深处的，正如源泉，它需要挖掘，挖得越深，水量就越大。我们普通人之所以比作家普通，往往就是我们没有像作家一样深入挖掘。写作，依赖的是两种东西，一是语言积累，二是经验积累。从语言积累来看，我们已经拥有足够的词汇量，从经验积累来看，我们也储存着非常丰富的资源，我们曾经见过的，听说过的，思考过的种种事物、事件，都有可能是我们可资利用的资源，我们所要做的，就是用我们的笔持续挖掘，当挖掘成为一种习惯，甚至成为一种生活方式时，我们的智慧也就练就了，我们就成作家了。

当然，我们最终未必都要当作家，但是，如果通过写作能成为心智健全之人，我们又为何不去尝试呢？我们现在或许是在河的右岸，那么，我们就努力地摆渡吧，以砚为船，以笔为桨，不断地穿越，一定能达到幸福的左岸。

祝福你，同班同学
—— 为133班同班同学而作

这几天，也许是天气原因，我总是打不起精神来。周一上课的时候，133班的同学对我说："老师，能为我们的班刊写点什么吗？"

我对学生的要求，特别是为班刊写点什么的要求，从没有拒绝过。但那天，我却犹豫了一下，因为情绪的低落，让我感觉到灵感窒息一样。可看着学生那清澈明亮的眼睛，我实在不忍心说出拒绝的话来。于是我问了班刊的名字，学生说："同班同学"。我一听名字，立马精神起来，因为，同班同学是一个充满魅力的圣域，不管在什么情况下，"同班同学"总会给我温暖，给我力量。

能成为同班同学，肯定是一种缘分。曾经，我们天各一方，各自在不同的坐标和路径自由发展。共同的追求让我们的道路产生了交集，于是，我们拥有了一个温暖的名字：同班同学。

有共同的爱好和追求，肯定是一种福分。缘分让我们相聚，共同爱好一致，让我们幸福。这种爱好，应该是共同的血脉所致，我们正如一棵大树上的不同叶子，虽然生长的态势不一样，但是，渴望阳光，积极向上，却是每一片叶子的共同追求。同抗霾雾，让我们学会了坚强；共赏流岚，又呈现了我们的万种柔情。

呵护同学之间纯真的情感，浇灌同学之间的真挚情感，是同班同学的共同责任。以形象的方式阐释同班同学的爱好和兴趣，以真实的方式呈现同班同学的感情，让我们的真情实感凝聚成晶莹剔透的形象，并让我们的青春变成永恒的风景，是"同班同学"的意义所在。

同班同学，不但是一个温暖的名字，而且还是一个温暖的驿站，一个宁静的港湾，一个为我们可持续发展提供源源不断的能量的加油站！

我衷心祝福"同班同学"健康成长。

四、会议讲话

在911中文班同学聚会上的讲话

8月24日,原玉林师专中文911班的同学在贵港聚会,我受邀欣然前往,并在晚宴时作了一个简短的发言。

我主要介绍一下文学与传媒学院的发展历史——"三变三不变":

"三变":一是规模变了,从过去专科时代的500人左右到现在的1800多人;二是层次变了,从专科变为本科;三是结构变了,从过去的一个专业变为现在的五个专业,分别是汉语言文学、广播电视学、广告学、秘书学和国际汉语教育。

"三不变":一是办学理念不变,学院始终坚持培养具有现代理念,掌握现代科技方法,并具有自我发展能力的应用型人才的理念;二是教师品格不变,升本后的教师仍然保持"一生淡泊育桃李,两袖清风谱华章"的品格,为了学生鞠躬尽瘁,呕心沥血;三是教师对学生的祝福和期待不变,老师总是希望学生身体健康,家庭幸福,工作顺利,前程似锦。

最后,我希望同学们以二十周年聚会为契机,加强沟通交流与合作,做到资源共享,快乐同享,共同努力,一起进步,继续为母校争光,为人生添色。

我当年虽然没有机会教过他们,但他们都很亲热地称我为老师,我觉得很幸福!

在母校五十华诞庆典上的讲话

母校五十华诞,校长盛邀我代表校友说上几句,盛情难却,就发表了如下演说。

各位领导、各位老师:

大家好!首先,我要衷心地祝贺母校五十周岁华诞,并祝愿母校以五十华诞为契机,踏着时代的鼓点,再创新的辉煌!

其次,我要感谢母校对我的教育,感谢老师对我的栽培;我在十四岁那年踏进母校的校门,当时还是一个不谙世事的懵懂少年,是母校的恩情丰满了我的翅膀,是母校的甘露滋润了我的灵魂。我在母校的怀抱里虽然只有短短的两年,但是,我亲爱的母校,是您,奠定了我发展的基础!是您,给了我腾飞的跳板和平台!

我想在此特别感谢我的语文老师晏本茂先生,是他的严格要求,使我爱上了中国文学,是他的耐心引导,使我最终成为文学博士,最终走上了专业研究的道路。

我也想借此机会向师弟师妹提一个希望。我希望你们自觉地树立为自己、为家庭、为母校、为国家、为社会努力读书的责任意识,明确自己的人生目标,树立必胜的信心,并以良好的学习习惯和坚韧不拔的毅力创造人生的辉煌以回报母校对我们的栽培。

最后,我衷心地祝福母校的老师、校友和一贯关心、支持我的母校的领导身体健康、工作顺利、万事如意!

结缘文传院，热爱文传院，梦想逐心愿

同学们：

首先，我衷心地感谢大家选择了玉林师范学院，我更感谢大家选择了文学与传媒学院；第二，我要衷心地祝贺大家成为一名大学生，祝贺大家跃上了一个人生的新平台；第三，我要衷心地祝愿大家在文传院这个温馨的大家庭里健康地成长、快乐地成长、慧智地成长！

在这个秋光明媚，桂花飘香的季节里，我很高兴和大家聊一聊文传院，聊一聊自己对同学们的期待。

文传院现有 5 个本科专业，分别是汉语言文学、广播电视学、秘书学、广告学、国际汉语教育，有两个专科专业，分别是文秘和涉外文秘。现有学生 1800 人，是我们学校最大的二级学院。

文传院师资力量雄厚，现有教职工 68 人，超过 60%的教师拥有硕士以上的学位。其中，教授 14 名，博士 16 人，正在博士后流动站学习的教师 2 人。近几年来，无论是在教学方面还是在科研方面，我们的教师都取得了令人瞩目的成绩，过半的教师获得校级以上的奖励。承担国家社科基金项目 2 项，省部级项目 20 多项，出版专著 30 多部，每年发表论文都在 100 篇以上。

文传院学科建设成绩显著。学科建设水平是体现一个学校办学水平的重要标志，也是为学生提供优质服务的根本保障。汉语言文学专业是被自治区列为学校三个硕士点建设学科之一；中国现当代文学是自治区级重点建设学科，还是自治区级精品课程；教师口语艺术是自治区级教师教育精品课程。桂东南社会文化发展研究中心是自治区级重点建设实验室。汉语言文学教学团队是自治区级教师团队。

文传院的实验室建设和实践基地建设成效显著。现有非线性编辑实验室、电视演播室、桂东南社会文化发展研究中心图书资料库、广告实验室、广告制作室、微格教学实验室、文秘实验室各1个，还有50多个教师教育实践基地。

实力雄厚的师资力量，特色鲜明的研究方向，先进的实验条件和丰富的图书资料等资源，是同学们健康成长的肥沃土壤，也是同学们展翅腾飞的助推器，我希望同学们珍惜这些资源，好好利用这些资源，把这些资源内化为自己的精神财富。

在人才培养方面，文传院突出四个特色：文化育人、学术育人、实践育人和技能育人。

文化育人是文传院的首要特色。"孔颜素业在，李杜文章长"，是我们利用传统文化熏陶学生的导向，"311工程"（背诵100篇诗文，阅读100部名著，写100篇文章）是我们文化育人的重要手段，所以，大家虽然无缘进入"211"工程大学，却有缘享受"311工程"的历练和快乐。一年一度的"国学文化艺术节"则是我们文化育人的重要舞台。

学术育人是文传院与时俱进的育人举措。我们通过"人文讲坛"让同学们在"倾听学术前沿的声音，享受自由思想的盛宴"的同时，培养自己的学术兴趣，提高自己的学术素养，开拓自己的学术道路。

实践育人是文传院落实"厚德博学，知行合一"的校训的路径选择。我们精心培育了一批学生社团，热心扶持各年级、各班创设文艺刊物，积极引导学生走出校门参加各种各样的社会实践活动。

技能育人是文传院多年的骄傲。"三字一话"是我们的特色和优势，近三年我院学生参加自治区的师范技能大赛屡获佳绩，每年都有同学获得一等奖。摄影、录播、广告宣传等技术是我院独占鳌头的靓丽风景。技能训练的针对性、先进性、系统性，确保了我们的学生掌握立足于社会的本领。

同学们，既然我们选择了玉林师范学院文学与传媒学院，我们就应当坚定这样的信念：不管前程多坎坷，我们都应该昂首挺胸，迈开自信的步伐，朝着目标，勇于超越，不断创造人生新辉煌！

同学们，在大家即将拉开崭新的人生帷幕之前，我根据自己的经验和思考，向同学们提四点希望。

一、尽快实现一个转变。即从中学生向大学生的转变，这是一种身份的转变，更是一种形象的转变、责任的转变。中学生可以整天躲在父母温暖的羽翼之下，大学生则要学会自己展翅高飞；中学生可以单单学习课本知识，大学生还要探索课本之外的未知世界；中学生的人生目标可以由家长来设计，大学生则要学会独立设计自己的人生蓝图；中学生可以暂时两耳不闻窗外事，一心只读圣人书，大学生则不但要时刻胸怀祖国，放眼世界，更要中流击水，浪遏飞舟，改变世界。

二、诚挚结交两位朋友。一是运动场，二是图书馆。前一位朋友是我们身体健康的保证，没有运动，就没有健康，没有健康，就没有幸福。后一位朋友是我们精神健康的保证。图书馆是大学生获取精神滋养的重要场所，没有阅读，就没有思考，没有思考就没有进步。我希望同学能自觉杜绝"图像艺术"的诱惑，多到图书馆寻找扎实的精神食粮，为自己思想品格的高尚、精神境界的提高构建坚实的支点。

三、正确处理三种关系。进入大学，意味着我们从家庭的狭小天地走向了广阔的世界，为此，我们必须处理好三种关系。一是自己与环境的关系，二是自己与同学关系，三是自己与自己的关系。就自己和环境的关系而言，目前主要是处理好自己和学校的关系。我们选择了玉林师院，也许不是我们的初衷，但是，却是我们选择的现实，抱怨不是我们该有的选择。玉林师范学院也许与大家心目中的大学还有一定的距离，但只要我们用审美的眼光打量她，用我们探索的眼光研究她，你就会发现，她正是你"众里寻她千百度"的缘分情人，所以，你要好好地珍惜她，好好地爱护她，她也一定给你的大学生活涂抹上靓丽的色彩。在处理和同学关系的时候，我希望大家记住"有缘千里来相会"这句话，有机会相识，起码要修缘100年，有机会在同一个屋檐下学习，起码修缘500年，每一位同学都是我们人生路上贵人，请同学们相互珍惜，相互关心，相互帮助，共同创造美好的同窗谊、兄弟情。在处理自己和自己的关系的时候，我想引用德国著名哲学家黑格尔的一句话来提醒大家："人应该尊敬他自己，并应自视配得上最高尚的东西。"我知道，不管是主动选择，还是被动选择玉林师范学院，总有个别同学或者懊恼，或者后悔。这都是不够自信的表现。同学们，我们真的应该记住黑格尔的话，相信自己，尊敬自己，自己的选择是明智的选择，只有相信自己，尊敬自己的人，才有可能把自己的潜力充分发挥出来，从而创造出辉煌的人生。

四、精心培养四种素质：宽容、平等、民主与合作。宽容是我们处理好人和人之间关系的法宝，金无足赤，人无完人，在我们遇到自己一时看不惯的人的某种行为时，只要是无关原则的，都要宽容，理解他们的行为，原谅他们的过错。平等，一是师生关系的平等，二是同学之间的平等。师生之间的平等告诉我们，我们要有与老师探讨的勇气，要有挑战权威的信心；同学之间的平等告诉我们，我们没有高低贵贱之分，所以，我们没有特权，我们都需要遵守校级校规，对成绩优秀的同学要尊敬，对成绩暂时落后的同学要尊重，不偏袒、不骄纵、不歧视、不打击。民主需要我们在做决策之前能多沟通、多商量，从大多数人的利益出发，为大多数服务。学会合作，是教育的四大支柱之一，而合作被誉为"打开二十一世纪财富宝库的金钥匙"，合作要求我们共同努力，共同创造美好的校园环境，共同营造良好的学习氛围，相互学习，相互促进，共同进步。这四种素质是当代大学生不可或缺的。

同学们，远离了家乡，远离了父母并不意味着你开始孤单，因为你的身边有热心的朝夕相处的同学，有善于引导你走上坦途的老师；身处闹市，接壤繁华，不意味着我们可以骄奢淫逸。我们的道路还很长，我们的机会还很多，我相信，只要我们满怀希望，脚踏实地，面朝大海，永不停步，我们一样能欣赏到春暖花开，彩虹艳丽的美丽景色。

同学们，拉起我们必胜的风帆，起航吧！

祝同学们一路顺风！

健壮我们的体魄，高贵我们的灵魂

"健壮我们的体魄，高贵我们的灵魂"是文学与传媒学院学生的任务。

从 2010 级开始，我们每一个年级都有一个口号："2010，一定能行"；"2011，勇争第一"；"2012，独一无二"；"2013，举校无双"；"2014，创造奇迹"；"2015，能文能武"或"2015，龙飞凤舞"。

这些口号，是我们的标签，也是我们的任务。

2015级，是一个很特别的年级，为什么说特殊呢？2012年，你们刚上高中那一年，党的十八大胜利召开，党中央提出了四个全面的治国方略：全面建成小康社会，全面深化改革，全面依法治国，全面从严治党。习近平总书记向全国人民发出了实现中国梦的伟大号召。在中国共产党成立一百周年的时候，全面建成小康社会，在中华人民共和国成立一百周年的时候，全面建成富强民主和谐文明的社会主义现代化强国，实现中华民族伟大复兴。

毫无疑问，我们是在中国梦的背景下走进高中、走进大学的，我们是在中国梦的引领下开启人生最重要的人生航程的。

毫无疑问，我们是实现中国梦的责任人，是中国梦的追梦人。可以说，四个全面的治国方略，是我们实现中国梦的重要条件，中国梦，是引领我们实现人生目标的指南针。

面对如此波澜壮阔的时代，面对如此色彩斑斓的时代，我们文学与传媒学院的学生，应该有自己的选择和担当。我认为，"健壮我们的体魄，高贵我们的灵魂"应成为我们的理性选择。

早在1917年，毛泽东就向青年们发出了这样的号召，"野蛮其体魄，文明其精神"。毛泽东说："欲文明其精神，先自野蛮其体魄。苟野蛮其体魄矣，则文明之精神随之。"毛泽东当时迫切感到青年们应该有野蛮的体魄与文明的精神，才能担当起改造旧世界的责任。时代发展到今天，我们应该比100年前更进一步，那就是"健壮我们的体魄，高贵我们的精神"。

健壮我们的体魄，要求我们结缘运动场，热爱运动。我在2014级新生见面会上，提出结交两个朋友，一是运动场，二是图书馆。前者是健壮我们体魄的保证，后者是高贵我们精神的保证。三十年前，我曾经把运动场和图书馆看成是缘分情人，三十年后的今年，我仍然感恩自己这两个缘分情人。我希望我们2015级的同学也要养成锻炼身体的习惯，每天迎着第一缕阳光走向运动场，日复一日，月复一月，年复一年，在运动场旋转，旋转，我相信，我们的人生就能在不断的旋转中进入一个新的循环。

近几年，校园里流行的选择朋友的标准，"像鸡一样守时，像狗一样忠诚，像猫一样温顺，像狮子一样威武，像狐狸一样灵活，像老牛一样憨厚，像大象一样粗壮。"虽然是笑话一般的标准，但确是当代大学生潜意识的不自觉的流露。健壮一点，胜人一筹，对吧？

我们说，"高贵我们的灵魂"，何为高贵？

我先讲一个故事，徐志摩和林徽因，林徽因与梁思成。林徽因曾经被徐志摩的才情所迷倒，但她最终放弃了他，原因是他发现徐志摩不是一个负责的男人。而梁思成是一个有担当有仁爱之心的男人，林徽因的选择是正确的。她与梁思成的婚姻是现代中国婚姻的典范，更重要的是，她的选择说明了一个真理：灵魂的高贵比才情更重要。

再说一说何为"高富帅和白富美"。有人说，真正的"高富帅"是"身为男子，大智若愚宠辱不惊是为高，大爱于心福泽天下是为富，大略宏才智勇双全是为帅"；真正的"高富美"是身为女子，出淤泥而不染，做到洁身自好，是为白；腹有诗书气自华，做到饱读诗书，是为富；一片冰心在玉壶，做到心清如水，是为美。

从梁思成的故事和关于"高富帅"以及"白富美"的解释我们可以看出，高贵起码包括四个关键词：担当、仁爱、清白、博学。

2010级的同学毕业的时候，我在致辞中勉励他们过好五种人生。健康的人生、信仰的人生、高尚的人生、智慧的人生、激情的人生。在解释什么是"高尚"的时候，我是这样说的：面对权贵，你能选择真理，不屈服，不谄媚，这就是高尚；面对弱者，你能选择相助，不冷漠，不推卸，这就是高尚；面对荣誉，你能选择淡然，不骄傲，不炫耀，这就是高尚；面对诱惑，你能选择清醒，不逾矩，不贪婪，这就是高尚；面对挫折，你能选择从容，不退缩，不放弃，这就是高尚。"富贵不能淫，贫贱不能移，威武不能屈"，这就是高尚；无论如何艰难，你都能坚持"为天地立心，为生民请命，继往圣之绝学，为万世开太平"，这就是高尚。

我这里所说的高尚，可以视为高贵的同义词。

那么，何以能高贵呢？也就是说，我们怎么才能够成为一个高贵的人呢？

我认为，大学阶段，是砥砺心智，让人不断走向高贵的重要阶段。在这个阶段，如果我们能以六个关键词来激励自己，我们就有可能成为高贵的人。

一是认同。认同既是对自己及对自己选择的认同，更是对环境及主流价值观的认同。只有认同自己，才能除却心理负担，只有认同环境，才能使自己更快地适应环境的要求，也才能得到环境的认可，个人的发展才能更加顺利。杰克·韦尔奇的员工分类为我们提供了有益的启示。他说，如果用认同公司的价值观和个人能力结合起来考察,可以把员工分为四类:一是既不认同公司的价值观又没有能力的人;二是认同公司的价值观但能力不足的人;三是不认同单位的价值观但有能力的人;四是既认同单位的价值观又有能力的人。韦尔奇认为,第四类人的前程最为远大。

从大学生来讲,我们当然首先要认同社会主义价值观。富强、民主、文明、和谐;自由、平等、公正、法治;爱国、敬业、诚信、友善。这24个字包含着三个层面,国家层面:富强、民主、文明、和谐;社会层面:自由、平等、公正、法治;个人层面:爱国、敬业、诚信、友善。就玉林师范学院的学生而言,认同"厚德博学、知行合一"的理念,就文学与传媒学院的学生而言,认同传媒学院的育人理念和育人方法。只有这样,才能够快速地成长。努力成为前程远大的人,应该成为我们的信念。

二是担当,即勇于担当一个学生应该承担的责任。学生的责任可以分为家庭责任、学校责任和社会责任。在家敬长辈、睦邻居,做一些力所能及的家务。在学校遵守学校的规章制度,上课专心听讲,完成规定的作业,维护保持学校环境的整洁。在社会,遵守社会公德和法律法规,做知法守法的公民。在大学,我们的首要责任无疑是学习。大学学习的内容可以分为三个层次,一是知识类的知识,二是技能技巧类的知识,三是智慧型的理论型知识,这三个层次的内容都要重视。文学与传媒学院为了让同学们学得更好,学得更出色,今年尝试在培养模式中采取工作坊的方式,如创意写作工作坊、广告设计工作坊等,目的是让我们能及时把理论学习和实践结合起来,让同学们更容易掌握知识、技能和技巧。我们在不断探索,我们在不断努力,目的就是给大家创作更好的条件和环境,请同学珍惜,请同学们勇于担当自己的学习责任。

三是目标,即明确自己在不同的学习阶段应该达到什么样的目标。小学阶段可以以知识目标为主,中学,特别是大学阶段,则必须以成为什么样的人为目标。没有目标,就相当于航船没有方向,人生就容易在迷迷糊糊的状态中虚度。美国著名演员阿诺德·施瓦辛格在他的《健身百科全书》中说:"生命本身就是一连串的目标。没有目标的生命,就像没有船长的船,这船永远只会在海中漂泊,永远达不到彼岸。"这是非常精辟的人生总结。

四是信心,即具有实现目标的信念和信心。每个学生一定要相信通过自己的努力,一定能实现既定的目标。相信自己行,自己才能行;相信自己行,自己一定行，理应成为激励自己前行的座右铭。玉林师范学院也许不是自己心仪中的学校，但在知识经济的今天，信息传播的渠道和速度是不受地域影响的，所以关键是我们有信心学好。在大学，要善于寻找、筛选、甄别、使用信息，让有用的学科知识慢慢地内化为我们的血肉，成为我们灵魂的重要组成部分。

五是毅力，即有克服前进道路上的挫折和困难的意志和毅力。任何目标的实现，都不可能是一蹴而就的，我们必须要有思想准备，并随时接受挫折与困难的挑战。面对挫折和困难，要从容处之，从容逾之，千万不要害怕、退缩、逃避，克服困难的过程，就是我们不断成长、不断发展的过程。

六是习惯，即具有良好的学习、生活习惯。良好的习惯是不断进步的前提和基础，简单的事情重复做，是一种习惯；重要的事情不断做，是一种习惯；美好的事情天天做，是一种习惯。学习是美好的，读书是美好的，思考是美好的，写作（包括写日记）是美好的，所以，学习、读书、思考、写作等事情必须天天做。能每天坚持学习、坚持读书、坚持思考、坚持写作，甚至把学习、读书、思考、写作当成我们的生活方式，我们就一定能不断进步，不断成长。

同学们，新生意味着凤凰涅槃，新生意味着新的生活方式的开始，新生意味着新的责任。我希望同学们把"健壮我们的体魄，高贵我们的灵魂"当成勉励自己不断前行的座右铭，苦心读书，苦心锻炼，刻苦砥砺，努力把自己培养成为一个能适应经济社会发展需要的应用型人才。

最后，我把我写的一首短诗送给大家，但愿大家喜欢：

甘为人梯，
是我对你，
一生的承诺。

登高望远，
是我对你，
永恒的期待！

祝同学们成功！
谢谢大家！

硕士生导师与新生见面谈话录

今天下午，第一次参加广西民族大学硕士生导师与研究生的双选会。在会上，各位导师分别做了精彩的发言。现整理记录如下：

（1）同学们之间，导师与同学之间能够在一起，是一种缘分，希望同学们珍惜这种缘分，并努力把这种缘分变成能够改变自己的重要资源。

（2）要真正领悟学习的真正意义。学习的真正意义在于能够使我们更加健康、快乐地生活。

（3）要把阅读和写作当成一种常态化的生活方式。唯有阅读，才能很好地思考，才能积累知识和学问；唯有写作，才能真正地把知识内化为自己的智慧。

（4）要很好地利用周围的资源，包括图书资源、网络资源、同学资源和教师资源。

（5）所有成才之路都需要脚踏实地。

（6）要树立明确的、崇高的人生目标，并要具有为专业贡献毕生精力的思想。

（7）正确处理好读书与生活的关系。

（8）在学习方法方面，要有三种精神：元典精神、质疑精神和创新精神。要重视理论的学习和积累，并自觉用理论来指导实践。

在回玉林的路上，我就收到了来自湖南的郑建军同学的信息，他愿意跟我学习。或许，他就是我带的第一位研究生。

载歌启航，过好五种人生

亲爱的同学、弟子、孩子们：

首先，我衷心地祝福你们顺利地、圆满地完成学业，拿到了人生旅途中又一张重要的通行证！这张通行证，我很愿意把它称为通往幸福彼岸的护照。它承载着父母的嘱托、老师的期待和我们自己的梦想。在同学们即将开始新的航程之际，我衷心地祝福同学们一路顺利！

其次，我要衷心地感谢同学们为文学与传媒学院的发展做出的贡献。四年来，同学们努力学习，辛勤耕耘，在不断完善自我的过程中推动学院各项工作的发展，为文学与传媒学院的发展做出了应有的贡献。据统计，共有16个班次获得"校级先进班集体"荣誉称号；中本101团支部曾在2011学年至2012学年连续2年获得"校级红旗团支部"；4个班级获得"校级先进团支部"荣誉称号。最值得一提的是，中本101班在2013年荣获"区级先进班集体"。这是文学与传媒学院4年以来首个区级先进班集体的获得者。

在个人荣誉方面，有1位同学获得区级"三好学生"、71位同学获得"校级三好学生"；1位同学获得自治区级优秀学生干部、67位同学获得"校级优秀学生干部"；14位同学获得"校级优秀共青团干部"、71人获得"校级优秀共青团员"、1人获得"国家奖学金"、28人获得"国家励志奖学金"、4人获得自治区人民政府奖学金、7人获得自治区级优秀毕业生，36人获得校级优秀毕业生，20位同学被录取为硕士研究生。

这些荣誉，恰如一粒粒明珠，点缀了文学与传媒学院的历史画廊；又如一颗颗星星，灿烂了文学与传媒学院的蓝色天空。这些荣誉，也很好地成为"2010，一定能行"的注脚。

另外，我想特别说的是，同学们强烈的求知欲和进取精神，也有力地促进了教师的教学和科研工作。这几年，我们的教师在教研和科研都取得了骄人的成绩，这是与同学们的努力分不开的。

这都是我要感谢大家的理由。

同学们，我们生逢盛世，国家的富强，民族的兴盛为我们"直挂云帆济沧海"提供了无限的机遇和充分的条件。但我们也要清醒地认识到，我们国家正处在转型期，我们的幸福生活还存在一些转型带来的问题。面对复杂多变的社会，我希望同学们走出校园后过好"五种人生"，努力演绎人生的精彩，积极创造人生的辉煌。

一是健康的人生。

健康是事业的基础。最近一段时间，网络上流行着一副对联："爱妻爱子爱家庭，没有健康等于零！爱钱爱财爱成功，没有健康一场空！"它形象地阐释了健康的重要性。健康包括三个方面，一是肌体健康，即健康的体魄；二是健康的精神，即积极向上的追求；三是健康的生活方式。我特别建议同学们继续保持学习、思考的习惯，并培养、发展一个有益于健康的爱好，以健康的生活方式保证健康。请同学们时刻记住，健康是生命的保证，事业的基石。

二是信仰的人生。

当前，我国正面临着信仰危机，不少人把金钱、权力当成膜拜的对象，这是相当危险的社会现象。2012年，北京大学优秀校友、人民日报评论员卢新宁应邀回母校在中文系2012届毕业典礼上发言，她以"在怀疑的年代，更需要信仰"为题，说明了信仰的重要性。她说："二十多年社会生活给我的最大启示是：当许多同龄人都陷于时代的车轮下，那些能幸免的人，不仅因为坚强，更因为信仰。不用害怕圆滑的人说你不够成熟，不用在意聪明的人说你不够明智，不要照原样接受别人推荐给你的生活，选择坚守、选择理想、选择倾听内心的呼唤，才能拥有最饱满的人生。"她的话告诉我们，科学的信仰是我们驶向幸福彼岸的轮船上的压舱石。那么，以什么作为我们的信仰呢？我认为，中华民族优秀的传统文化理应成为我们的精神支撑。仁义礼智信，忠孝悌清廉，是我们信仰的理论资源。大家要相信，积德行善，求真务实，一定能让我们的人生过得充盈饱满、有声有色。

三是高尚的人生。

新时期的著名诗人北岛曾说："卑鄙是卑鄙者的通行证，高尚是高尚者的墓志铭"，这句诗表明，高尚是一座丰碑，永远矗立在人们的心灵深处。高尚是时代的需要，人民的需要。何谓高尚？面对权贵，你能选择真理，不屈服，不谄媚，这就是高尚；面对弱者，你选择相助，不冷漠，不推卸，这就是高尚；面对荣誉，你能选择淡然，不骄傲，不炫耀，这就是高尚；面对诱惑，你能选择清醒，不逾矩，不贪婪，这就是高尚；面对挫折，你能选择从容，不退缩，不放弃，这就是高尚。"富贵不能淫，贫贱不能移，威武不能屈"，这就是高尚；无论如何艰难，你都能坚持"为天地立心，为生民请命，为往圣继绝学，为万世开太平"，这就是高尚。我相信，我们的同学在不断的历练中一定能使自己成为一个高尚的人，一个远离低级趣味的人。

四是智慧的人生。

俗话说，"世事洞明皆学问，人情练达即文章"，这句话告诉我们，无论是为人，还是处事，都需要智慧。自信，是智慧人生的前提，自信于自己的专业，自信于自己的工作，自信于自己的未来发展，才能使自己充满朝气，充满活力。宽容，是智慧人生的要求，宽容别人，容易赢得尊重，宽容自己，容易明媚心胸；专注，是智慧人生的基石，专注与爱情，容易赢得幸福，专注于事业，容易赢得人生；专注于兴趣，容易赢得未来。合作，是智慧人生的法宝，与家人合作，容易赢得信任；与同事合作，容易赢得进步，与朋友合作，容易赢得机会。所以，自信、宽容、专注、合作是智慧人生的全部秘密。

五是激情的人生。

激情，是人类进步的引擎和动力。对生活充满激情，才能激起对生活的关注和热爱，从而远离埋怨和指责，以积极的态势拥抱生活，享受生活；对事业充满激情，全身心投入，才能做到主动工作、忘我工作、创新工作，从而在工作中不断地提升自己、完善自我，进而赢得事业的辉煌；对爱情充满激情，我们的幸福船儿才有宁静的避风港，人生的追求才具有真正的价值。所以，无论我们今后居住在何方，无论我们今后从事什么工作，无论今后我们选择怎样的婚姻，我们都要点燃激情，引爆激情，享受激情。

同学们，这段时间，我耳边老是回响着"2010，一定能行"这个口号，这种回响，让我对同学们充满着期待。作为老师，我们可能无力再给你们有力的支撑和引领，但我们心中会时刻为你们祈祷，即使明知祈祷力量的脆弱，我们仍会选择坚持。面对你们远行的方向，我们会一如既往地祝福你们：前程似锦，安康幸福，如意吉祥！

让梦想照亮未来

"2011，永争第一"，是文学与传媒学院2011级同学的响亮口号。虽然，我们在某些方面没有实现第一的愿望，但是，我们必须看到这一点，正是这个现实的梦想，让2011级的学子不再平凡！

是的，我们很不平凡！我们共同见证了党的十八大的胜利召开，见证了道路自信、理论自信、制度自信创造的奇迹，享受到了"四个全面"建国方略的初步成果，得到了社会主义核心价值观的及时滋润。

是的，我们不该平凡！中国梦的提出，让我们再次看到了华夏大地已露端倪的辉煌曙光；反腐倡廉的深入开展，让我们看到了法治中国即将出现的美好秩序！让梦想照亮未来，成为时代最强的主旋律！

借着时代阔步前进的契机，胜利的凯歌不断回响在校园上空。我们共有113位同学获得区级以上的奖励；有5位同学获得国家级奖励；陈悦文等5位同学获得自治区优秀毕业生称号；莫弯弯同学被评为自治区级三好学生；唐婷婷同学被评为自治区级优秀学生干部；王爱萍等11位同学考上了硕士研究生；我们在各种媒体上发表了各类作品1000多篇；有15位同学出版了自己的作品集。圆梦玉师，圆梦现实，让每一位同学的身躯更加雄伟挺拔。

带着梦想，我们即将开启新的航程。我们多么盼望同学在收拾行囊时，记得把"播种阳光"的心态带上，把"厚德博学、知行合一"的理念带上，把"学生自信"的笑容带上，把不平凡的使命带上。

以梦想导航，我们的人生就不会偏离方向；

以使命压舱，我们的人生就经得起任何风浪；

以德学为桨，我们的人生就有不竭的动力；

以自信为帆，我们的人生一定能够乘风破浪，再创辉煌！

我衷心地祝福同学们一路顺风！

身处悬崖，心有所托

前一段时间，我在《意林》杂志看到一篇散文，标题叫"身处悬崖，心有所托"，作者好像是罗名强，我觉得写得非常优美。今天我想借用这个标题讲述我的故事和我的体会。"身处悬崖，心有所托"，形容人被危机感所困扰，身处在悬崖边，"心有所托"的意思是自己一定要有所追求，才能够在身处悬崖的情景下保持淡定的心境，也才有可能保证自己虽然身处悬崖仍能远离危险。

我的危机感开始于 90 年代中期，因为我是 88 年本科毕业，那时我们在座的很多同学还没有出生。当时市场经济已经如火如荼地在神州大地开展，许多人已经享受市场经济的成果，但是我们高校老师还被贫穷所困扰，市场经济的硕果离我们很远，当时我就有了想离开学校的念头。作为生活在底层的一个年轻人，"底层"是什么呢？是经济地位低下，那怎么办呢？唯一的出路就是尽快调整完善自己的知识结构，以便尽快地适应市场经济的要求。于是，从 1996 年开始，我自学法律，学了几年，准备去考律师资格证，现在叫司法考试，试图从事律师职业。当时我们有不少同学都走上了这条路，生活过得越来越滋润。我们在教学的一个月几百块钱，实在是孩子吃奶粉都有困难。可正当我拿到这法学毕业证不久，学校合并了，出现了新形势，高学历、建立高职称的师资队伍已经是成为本科院校的迫切任务，另外一个很现实的情况是学校在选拔任用以及分房福利方面多倾向于高学历高职称的人。在这种情况下，我不得不修正自己的方向，在 2000 年参加了广西师范大学研究生班的考试。

2003 年的时候学校出台了高层次人才政策，再次把博士作为重点的选拔和培养的对象，并且当时给博士的条件是相当的优越。这个时候呢，我危机感又来了，觉得只有继续攻读博士才能从根本上改变自己落伍的状况，于是在 2004 年继续参加博士生录取考试。第一年准备得不是很充分，外语考得一塌糊涂，结果没考上。到了第二年再考，用了很大的功夫去复习，所以在2005年考上了华中师范大学的博士研究生，师从著名美学家张玉能教授攻读西方美学。所以，我这种人是在危机感重重的情况下选择博士研究生的。

曾经有一位企业家的话对我启发很大，他说："人的一生有几个时间点要特别重视，那就是二十岁左右的时候要为三十岁做准备"，就是说你们现在所处的这个年龄。"三十岁左右的时候要为四十岁做准备，而在四十岁左右呢，要为五十岁做准备。"这个说明什么呢？知识的储备是非常的重要的，而在不同的年龄阶段都要不断学习、不断准备。这个准备包括知识储备、技能的修炼、人脉资源的构建等。准备的前提是自己要有危机的意识，凡是成功的人都会把危机意识当作改变自己的东西。当然，有很多人由于有生活方面的优越，在生活中有很多依靠，所以很难觉察到危机在哪里。有很多的家庭太优越了，有很多依靠所以没有危机意识。管理学里有一种现象叫"青蛙原理"，这来源于一个实验。实验中把青蛙放在凉水锅里，然后慢慢地烧水，青蛙一点没有察觉危险的慢慢降临，当水的温度升到青蛙难受的时候，它想跳出来，但是已经没有的跳跃的能力了。这个青蛙过得太舒服了，什么都不用想，从凉水变暖青蛙感觉到真舒服，没想到危险已经在身边了。中国古话中所说的"居安思危"是一点也不假的，有危机而心有所托使我今天有了机会与在座的优秀学子谈心交流，我觉得是非常值得我骄傲的。

美国著名的舞蹈家哈蒙·蕾丽曾说过一句激励无数美国人的话，她说："一个人的心有多大，他的舞台就有多大"。用我们今天的话可以换成这么一句话："一个人的梦有多高，他的生活质量就有多高"。所以做高水平的梦是确保我们今后生活质量的前提。我认为当代大学生的梦可以多元化，但有两个是非常基本的：一个是研究型的梦，一个是技能型的梦

这个研究型的梦就是把自己培养成为具有研究兴趣、研究能力的人，这个梦如果有研究生阶段的学习，就容易成功些；技能型的梦呢，就是把自己培养成为掌握必备的业务技能的人。毫无意外的是梦的实现需要我们付出艰辛的劳动。严格来说，梦是我们奋斗的目标，我们对这个目标的态度，我们采取的途径方法以及我们的保障措施，意思说要圆梦，梦是我们的目标，那就必须关联到几个东西：一个是实现梦的态度；为实现这个梦所采取的途径和方法，以及我们的保障措施。我在考研之前详细地分析了自己的长处和不

足，就长处而言就是我的文学基础，不足就是对文学史的整体把握不够，外语是弱项，针对这种情况，我认真地梳理了文学各个时期的主要作家代表作品，对作品我试着用自己掌握的理论去解读，印象就很深刻了。文学专业的学生最大的特点就是能用自己的话去解读作品，能用自己的理论去解读作品，不用跟着老师怎么解读我们就怎么解读，教科书怎么解读我们就怎么解读，你掌握了某种理论，就可以用自己的理论去解读。

  关于英语，我重点看了两套书：一个是上海出版社出版的《英语精读》，一套六册，我只看了四册。二是马德高编著的《星火英语》。《英语精读》很有趣，它让我慢慢掌握英语表达的方式，对英语的思维方式；《星火英语》则让我掌握了相当数量的词汇。除此之外，我还系统地先看了《英语语法》，把这个语法看了两遍，英语精读每天看三次，浏览一次，浏览过程中对生单词再精读一遍，重点发现里面这个句型和短语，重点看这些，然后再做练习，做完以后再看一遍，三遍就每天这样拿下来了。看完这个以后，我就很清楚这篇课文它基本要说的是什么问题，它的表现特色又是什么。做这个英文练习就要做主要的词组、语法、句型等，那就过关了。

  对我们文学传媒学院的学生来讲，很多同学最担心的英语，其实在我看来英语是最有趣的学习素材。我本人的英语基本上是自学的，初中的时候我在农村，没有老师。我们也受那些老太太的影响，她们说："英语是反鬼佬，很难学，难死了"，当时我们不知道死是什么，但是还是怕死，就不读了。就这样，我们初中的时候中考英语很多同学是零分的，我还算是较好的，得了4.5分，百分制我才得了4.5分。高考前一年，我的英语还是很差，怎么办？我决心恶补英语，把初中的英语一个个看、一页页读，读到初中第五册的时候，我就很清楚英语是什么东西了。1983年第一次参加高考，就考了72分，当时72分是可以上北大、可以上大连外国语大学，但我的总分是上了玉林师专的线，如果录取了，那我现在也在某个村庄做英语老师，感觉是很幸福的。我1984年再考，又考了83分英语，当时是百分制，就考上了华中师范大学。说实话，进大学前，我仅仅用了两年时间学英语，英语实在是太吸引人了，在补习的时候，每天保证有两个小时的时间来学英语。在2005年考上博士之前，基本上是每个晚上，除了有特别的安排，每个晚上都看两个小时，一般九点钟去办公室，复习到一两点，都是这样熬过来的。我的经验是英语是很容易攻克的学科，关键是不间断地去学，当你学到习惯用英语思维来学习英语时，你就成功了。

我看了今年我们文传学院几位考研究生的同学的成绩，我们有的专业很好，但英语不过线，非常的遗憾。

同学们，我认为，我们目前处于很好的人生阶段，这个"好"表现在国家为我们创造越来越多的机会，硕士的招生规模不断扩大，就业机会也不断增多。简单跟大家说一下我们博士研究生最近五年的招生情况：今年我们招生人数是53.9万，去年是51.72万，2011年是49.5万，2010年是47.2万，2009年是41.5万。往后是基本上每年多两万，而报考人数也越来越多，今年是180万，去年165.5万，2011年是151万，2010年是140.6万，2009年是124.6万。人数每年都有攀升，录取率为30%，准确是29.9%，30%是什么概念呢？基本上是三个人考试就录取一个，这个比例还是挺高的，并且我们国家对专业硕士越来越重视，比例越来越高。关于录取线，像我们文学专业学术型硕士入学的总分：A区是354.5，B区是340，英语要求是54，政治要求是81；B区是51、77，这是国家要求的分数线。而这个专业硕士，我讲几个跟我们这个专业相近的，大家在选择的时候可以考虑。一个教育类的：汉语国际教育。录取线A区是310，英语是40，政治60；B区是300，英语37、政治56；如果考教育类的，我们在学习教育学的基础上再多看两本书就完了嘛，汉语教育现在就业形势一片大好。第二个是法律硕士，这个也是我们文学专业可以去考的，法律硕士总分是A区335、B区305，英语和政治A区是42、63，B区39、59，这个我觉得可以去考虑。再有文物与博物馆专业，这个也很走俏，现在很多城市在搞会展经济，需要大量的人才。文物与博物馆，它的A区总分295，B区285，英语A区40。还有体育，大家可能说我们学科考什么体育？也可以考体育！其他艺术类的也行，也可以考虑，艺术A区320分，B区310分，总的来说比我们考文学专业要低一些。所以大家扎扎实实读了三年汉语文学以后，第四年就可以往其他专业考虑一下，这个成功率会高一些，大家可以掂量一下。其实，几乎所有的老师都喜欢有文学功底的复合型人才。所以，在这里我建议你们把眼光看宽一点，看远点，抓住机会，请大家务必记住我们今天讲坛的主题："追求成就梦想，知识点亮人生。"我衷心祝福每位同学都能够圆梦于玉师，能够圆梦于青春年代！

新年献词

尊敬的各位老师、亲爱的同学们：

骏马载誉奔腾去，吉羊放歌献瑞来！在2015年新年之际，我们衷心祝愿老师、同学们在新的一年里身体健康、工作顺利、学习进步，事业更上一层楼！

2014，我们倚马蓄势。年初，正式提出把文传院打造成为"学生自信，家长放心，教师乐业，社会认可"的学院这一响亮的口号，并根据国家对地方本科院校"转型"的要求，明确提出建设文学创作队伍、新闻写作队伍、文秘公关队伍、广告策划队伍的策略。老师们、同学们积极响应，积极行动，为文传院马年奔腾打下了坚实的基础。

2014，我们跃马造势。一年来，我们驰骋在人才培养、科学研究、服务地方、文化传承等领域，学术育人、文化育人、实践育人、技能育人、管理育人的理念广泛渗透到师生的脑子里、血液中，"人文讲坛"成功邀请了多名北京大学、中国人民大学等中国顶尖学府的专家、学者莅临讲学、指导，为文传院内涵式的发展造就了全新的态势。"全媒体中心"和《文传报》汇集了文传学子的智慧和力量华丽登场，为文传院的发展起到了推波助澜的作用。2010，一定能行！2011，勇夺第一！2012，独一无二！2013，举校无双！2014，创造奇迹！这些口号，成为激励我们跃马奔腾的铮铮号角。

2014，我们策马得势。我院2014届毕业生518人，截至2014年12月底，已就业506人，就业率为97.68%；22人考上硕士研究生，比去年翻了一番；科学研究再结硕果，获得国家社科基金1项，省部级项目5项，获得科研经费60多万元；学科建设取得新突破，中国现当代文学获评为自治区级重点学科，汉语国际教育获评自治区级特色优势学科，汉语言文学被评为教育硕士建设支撑学科；有5位教师被陕西师范大学聘为硕士生导师；超过500人次的学生获得自治区级以上的奖励;学生作品集"鸿雁齐飞"即将在西南交通大学出版社出版;"经典诵读大赛"师生表演技压群雄;迎新晚会师生非常专业的亮相惊撼全场;系统、连续的文秘大赛成为点缀校园的一颗颗明珠;服务地方和传承文化的能力不断增强,"桂东南区域文化研究中心""桂东南农村新型社区建设研究中心"分别获批为"广西人文社会科学发展研究中心"和"高校人文社会科学重点研究基地"(培育)。天时地利人和,开拓进取,与时俱进,是文传院2014年的主旋律。

展望2015,文传院期待能文能武。我们将进一步深入学习贯彻落实党的十八大,十八届三中、四中全会精神,以"健康、底蕴、技能、理论"为应用型人才培养的目标,努力把学生培养成为身心健康、文化底蕴深厚、专业技能娴熟、学科理论修养丰富,并具有可持续发展能力的高级专门人才。

老师、同学们,让我们携起手来,共同努力,在新的一年里共创新的辉煌!谢谢大家!

(说明:本文是为《文传报》2015年第1期写的新年献词。)

五、工作感怀

我的教育理念

2009年12月24日，我在南宁市西园饭店进行教授评审答辩。在答辩前，我认真地思考了自己从教以来的教育理念。

到目前为止，我先后担任了1988级、1990级二班、1992级一班、1996级一班以及玉林市21世纪园丁工程首批骨干教师培训班（即B类骨干教师）的班主任，先后承担的课程包括现代汉语、文学概论、中国现当代文学、民间文学、美学、西方美学、文艺心理学、中学作文教学研究、魏书生教育教学思想研究、成功教育等。要说成绩，还真不敢说。但是，也有值得自己骄傲的事情，那就是最近几年自己到玉林市、贵港市调研时，许多学生知道我到当地后，千方百计抽空出来陪我。在他们当中，有的在政府部门任要职，有的当了律师，有的当了记者，有的成了商人。当然，更多的学生是在学校。在学校的学生有不少成了学校的领导，有不少成了当地教育界的名师，甚至可以说成了一面旗帜。十年树木，百年树人，我只工作了21年，就看到了学生成了栋梁之才，这是一个教师最为骄傲的事情了。细想起来，与自己慢慢形成的教育理念有关。因此，我在向评委汇报时用"两种资源""三种精神"和"四种能力"概括了自己的教育理念。

所谓"两种资源"就是引导学生懂得运用网络资源和纸质资源（在网络成为普遍的学习资源前，则强调课堂资源和课外资源）。在"读图时代"，学生对资源的运用出现了两种极端，其一是只看网络的材料，不愿读纸质文本；

其二是只读纸质文本，不懂得利用网络资源。这两种极端都不利于学生对知识、技能方法的掌握，尤其是只重视网络资源的学生，很难进行深入的思考，这对他们掌握最高层次的能启迪智慧的知识是很不利的。我认为，纸质文本有利于思考，网络资源有利于掌握最新的信息，这两种资源应该是相辅相成的。

所谓"三种精神"就是要培养学生自主学习、探索学习和合作学习的精神。这三种精神是21世纪国家实施基础教育课程改革的核心理念，我认为，大学生更应该具备这三种精神。

所谓"四种能力"就是要重视培养学生的实践能力、创造能力、就业能力和创业能力，这是党和政府对大学生的要求，也是对大学的要求。作为大学教师，应该在教学过程中重视这四种能力的培养。

以上提法，除了"两种资源"是我自己提出来的以外，"三种精神"和"四种能力"则是我依据现成的说法审视自己的教育行为得出的结论。我认为，每一个教师都应该树立一种核心理念，这样，在教学方法的选择上才能找到适合学生发展的最佳方法。

学生发展问题的思考

文学与传媒学院的学生优势何在？他们将来凭什么立足于竞争激烈的社会？这是每一个管理者都应该思考的问题。

根据学科要求、专业特点以及课程设置，文学与传媒学院的学生应在写、说、摄影、策划等方面具有突出的优势。

在写的方面，不但"三笔字"要过关，而且要具有文学创作的兴趣和特长，能够胜任文秘工作。

在说的方面，不但要说得准，即普通话要标准，而且要说得好。要懂得用故事讲道理，用数据摆事实的方法。论证问题要做到：言之成理，持之有故，自圆其说。掌握与人沟通的艺术。广播电视学专业的学生必须善于发现新闻、表现新闻、评论新闻。

在摄影方面，要超越一般人把摄影当成简单的记录工具的层次，要懂得如何通过图片表现思想，通过画面表现情趣或性格。

在策划方面，要懂得与时俱进设计活动主题，要有目标意识，策略意识，懂得通过人和事的巧妙配合完成任务。

基于以上思考，并经与其他领导讨论，决定在文学与传媒学院学生中打造四支队伍：文学创作队伍，新闻写作队伍，公关文秘队伍，广告策划队伍。

这是关系到学生可持续发展的问题，必须及早筹划，及早实施，让更多的学生在正确的引导下成才。

专业自信

汉语言文学的学生迎来了一个能充分证明、施展自己专业能力的时代：传统优秀文化受到了高度的重视。

中国传统优秀文化在20世纪的五四运动中，曾因我们急于接受、传播、应用西方的民主与科学的思想而遭受到严重的质疑和批判。当时，我们对传统文化的态度相当偏激，基本上全盘否定。这就像一个给婴儿洗澡的保姆，在倒水的时候，连孩子都倒了。

传统文化受到打击歧视的结果之一是：假冒伪劣商品大行其道。因为，中国传统优秀文化中的仁义礼智信被遮蔽了，做人没了规则，没了底线，怎么可能有职业操守呢？

习近平总书记自党的十八大以来的多次报告中，充分展示了中国传统优秀文化的魅力，也多次明确表示要批判地继承中国传统优秀文化。领袖的躬身实践及号召，为中国优秀传统文化的发扬迎来了春天。

汉语言文学是中国传统优秀文化的重要载体，凝聚着中华民族的智慧和力量，要继承和发扬优秀传统文化，必须加强对汉语言文学专业的建设。一是文献收集整理；二是诠释批评；三是培养一批熟悉传统文化，热爱传统文化，热心传播传统文化的优秀人才。这是时代的呼唤和期盼！

这是一个千载难逢的机遇，也是一个稍纵即逝的机遇！汉语言文学专业的学生一定要珍惜这个机会。熟读经书，夯实底蕴，乐于思考，勤于笔耕，努力把自己锻造成为张口能说传统文化之优，提笔能写中国传统赋比之韵，闭目能诵中国传统文化之长的人。如果能这样，就具备了其他专业无法比拟的特色和优势。

让我们一起努力吧！把我们专业的自信写在优雅的微笑中，刻在挺直的腰杆上，甚至，嵌入一举手一投足的细节里！

话说笔记

今天上午1~2节，是本学期最后一次美学课。看见有个别同学呆坐在课堂上，心底不由产生悲凉感。美学本是哲学的一个分支，本身就比较抽象，不记笔记怎么消化？于是，我决定抽查笔记。结果是：居然有个别同学没有笔记！

我很赞成易中天先生的观点。他说，学生在学校接受的知识分三个层次：一是常识类的知识，二是技能类的知识，三是智慧型的知识。这三类知识中，层次最高的当然是智慧型的知识。智慧型知识首先是哲学。学习这类知识必须要静心阅读西方古典哲学名著。柏拉图、亚里士多德、康德、黑格尔，以及马克思、恩格斯的著作都必须读。

遗憾的是，"90后"的很多学生在意的是图像世界，不说哲学书，就是纸质文本的文学作品都不愿意阅读。基于这样的现实，每次开课我都强调要记好笔记，以便好好消化。我的经验告诉我，记笔记的好处是：一可以集中注意力；二能准确掌握讲课的逻辑；三能明确讲课的内容和重点；四是有助于以后的复习；五是可以提高个人的书写能力。

我今后还会坚持这样的原则，凡选我的课没有笔记的，平时成绩零分计。如果课程论文又涉嫌抄袭，那只有重修了。对学生要求不严格，实际上是害了学生。所以，即使我因为严格遭到个别学生的责骂，我都在所不惜。

给自己一个学习的理由

每年3~4月，注定是大三学生第二次迷茫的季节。和刚进大学时第一次迷茫不同，这是一次好像成熟的迷茫，这个时候，摆在前面有两条路：继续往上走考研，或者赶紧想办法就业？

在我看来，很多人迷茫的原因是把这两者对立起来了。要知道，要找到心仪的岗位，必须要有扎实的专业基础（除非你可以"拼爹"），而从3月到12月底的考研，正是大学时代读书最有效率的时间，你再加一把劲，就可能到达融会贯通的境界，如果你放松了，就好像一锅夹生饭。所以，与其在彷徨迷茫中度日，不如潜心读书，进可以考研，退可以选择第二年的公务员等各种考试。

总而言之，我的意见是踊跃考研，给自己一个不放松学习的理由，坚持九个月，幸福一辈子，何乐而不为呢？

好学生的标准

一年一度的教师节又要到了，很多赞美教师的文章纷纷见诸各种媒体。无私奉献、爱生如子的高尚品德，学识渊博、多才多艺的基本素养，教学有方、管理有术的育人策略，往往是文章讴歌的共同主题。

作为一名从教近30年的教师，我自然觉得欣喜。虽然，至今尚未有一篇文章是写我的。但是，这些文章毕竟是对教师品质、教师团队的集体认同，所以，所有的教师都有理由为这样的认同而欣喜。

不过，作为教师，我们更多考虑的问题是，好学生的标准是什么呢？有人会说，国家不是早就规定了吗？是的，早在1954年，国家就在大中小学推行"三好学生"的标准，即思想品德好、学习好、身体好。

然而，一个不容争辩的事实是，当前，特别是在中小学校，除了学习好得到普遍认可外，其他似乎都可以忽略不计了，高分低能、高分劣德的现象非常普遍，这是非常危险的。

我认为，好学生的标准可以从以下五个方面来衡量。

一是敢担当，即勇于担当一个学生应该承担的责任。学生的责任可以分为家庭责任、学校责任和社会责任。在家敬长辈、睦邻居，做一些力所能及的家务。在学校遵守学校的规章制度，上课专心听讲，完成规定的作业，维护保持学校环境的整洁。在社会，遵守社会公德和法律法规，做知法守法的公民。

二是有目标，即明确自己在不同的学习阶段应该达到什么样的目标。小学阶段可以以知识目标为主，中学，特别是大学阶段，则必须以成为什么样的人为目标。没有目标，就相当于航船没有方向，人生就容易在迷迷糊糊的状态中虚度。美国著名演员阿诺德·施瓦辛格在他的《健身百科全书》中说："生命本身就是一连串的目标。没有目标的生命，就像没有船长的船，这船永远只会在海中漂泊，永远达不到彼岸。"这是非常精辟的人生总结。

三是有信心，即具有实现目标的信念和信心。每个学生一定要相信通过自己的努力，一定能实现既定的目标。相信自己行，自己才能行；相信自己行，自己一定行，理应成为激励自己前行的座右铭。

四是有毅力，即有克服前进道路上的挫折和困难的意志和毅力。任何目标的实现，都不可能是一蹴而就的，我们必须要有思想准备，并随时接受挫折与困难的挑战。面对挫折和困难，要从容处之，从容逾之，千万不要害怕、退缩、逃避，克服困难的过程，就是我们不断成长、不断发展的过程。

五是有好习惯，即具有良好的学习、生活习惯。良好的习惯是不断进步的前提和基础，简单的事情重复做，是一种习惯；重要的事情不断做，是一种习惯；美好的事情天天做，是一种习惯。学习是美好的，读书是美好的，思考是美好的，写作（包括写日记）是美好的，所以，学习、读书、思考、写作等事情必须天天做。能每天坚持学习、坚持读书、坚持思考、坚持写作，甚至把学习、读书、思考、写作当成我们的生活方式，我们就一定能不断进步，不断成长。

但愿所有的学生在好老师、好家长的引领下，都能成为好学生！

公差

近几年，我公差不断，有人羡慕，有人调侃，有人嫉妒，父母却担忧，这都很正常。但，如果只以任何一种心理度量出差的人，都不够全面。其实，只有经常出差的人，才能真正理解公差的酸甜苦辣。

公差的确值得羡慕。穿州过省，天南地北，飞机轮船，赏天观海，好不惬意！

公差的确应该调侃。上车睡觉，下车尿尿，白天开会听听经，晚上失眠看看星，回家瘦成一个猴精。

公差的确值得嫉妒。两手一甩，拎包就走，自由自在，管饭管酒，车票报销，补助不少。

父母的担心最真切。怕你乱用公款涉贪污，怕你乘车遇车祸，怕你吃饭不适应，怕你喝酒伤身体，怕你冬天遇风雪，怕你夏天会中暑，无一步不担心，无一事不牵挂！

其实，在我看来，公差意味着责任，意味着服务，意味着收获，当然，也意味着风险。

首先是责任。可以说，大多数的出差是工作需要，或者是为了接受上级的任务去开会，或者是为了获得单位发展的资源去公关，或者是为了拓展市场去调研，或者为了抢夺生源而下乡……虽然没有钦差大臣的风光，却有钦差大臣的惶恐！

其次是服务。公差大多数是为了单位的整体利益而出发的，如何通过公差为单位职工谋取更多的资源和机会，是公差的应有之义。所以，公差意味着服务，公差也成为检验公差人员的服务意识和服务水平的重要手段。

公差也意味着收获。公务之余，有很多时间供你学习，供你思考，供你写作。有很多机会供你交友，有很多平台供你展示自我。我近几年，阅读，思考，写作，成为公务之余最主要的消遣方式：阅读，让我的视野不断刷新；思考，让我的人生更加充实；写作，让我的灵感更为鲜活！

公差当然也意味着风险。天有不测风云，人有旦夕祸福，公差的人，体会更为真切。为避风险，公差的人必常存善念，必多积善德，必多行善事。我经常说，出门要念四字经"身手钥钱"，即身份证，手机，钥匙，钱包。我为什么要把钥匙列入，因为它意味着平安归来。我曾写过短诗说明钥匙的重要性："不管是杨柳依依，也不管是雨雪霏霏，只要带上我，你就不会迷失，回家的路"。

祝天下公差的人平安、吉祥！

"博雅大讲坛"顺利开讲

2016年10月18日晚上19:30，我校"博雅大讲坛"顺利开讲。

大讲坛举行了简单的启动仪式。王副校长作了题为"博通古今中外，雅致科学人文"的动员报告。他说，学校将致力于把"博雅大讲坛"打造成为"知识的殿堂，思想的圣地，精神的家园"，以博学、博览为手段，达到博爱、博通的目的，最终把学生培养成为形象儒雅，言语文雅，举止优雅，情趣高雅的人。

仪式结束后，贺校长亲自主讲了第一讲：中国大学演变与文化思考。他把1861年洋务学堂开始至现在的中国大学发展分为六个时期，并用十个关键词来概括各个时期的特点。洋务学堂期的大改良，清末初创期的大学堂，民国时期的大动荡，中华人民共和国成立初期至"文化大革命"时期的大调整、大跃进、大革命，改革开放前的大恢复、大合并，改革开放后的大扩张、大转型。关于各个时期的特点，贺校长都以翔实的史料和数据予以说明，这样介绍，具有很强的说服力。

我在总结时，用了"百年穿越，发人警醒"来概括。他的讲座起码给我们四点启示：

第一，大学应以服务社会为崇高职责，学生的学习应以社会需要为导向。

第二，大学应有自由、独立的精神，特别是科学研究，更是如此。

第三，大学应有大师，学生应有追随大师的信心和勇气。

第四，大学生应当不断努力，要努力培养自己的核心竞争力，要善于把知识变成学问，把爱好变成特长，把特长变成标志。

贺校长的讲座，为"博雅大讲坛"开了好头，树立了标杆。

人文讲坛

今晚，人文讲坛第二十五讲如期开讲，主讲人是我校退休多年的曾宪森老师。曾老师以"学习古典诗词，传承中华优秀文化"为题，从"学习中华诗词的意义，中华诗词的特点，如何创作古典诗词"三个方面展开讲述。

曾老的讲述有三个特点：一、与时俱进。他在讲述中引用了很多习近平总书记的讲话。二、文本解读细致生动。三、逻辑严密。曾老的讲座的确体现了大家风采。这位年近80的前辈深深地感动了现场的听众。我也在激动中不禁写了两首短诗，以表达我的谢意。

其一：

君言君老君不老，优秀文化精探讨。

老骥伏枥豪情在，珍惜诗词赛珍宝。

其二：

八旬前辈有担当，三尺讲坛谈诗章。
精研细读严逻辑，启思启智启后生。

关于学术讲座

  11月中旬~12月中旬，是学院的第二届学术活动月。这是由科研处发起的活动，目的是营造学术氛围，推动学风教风的建设。应该说，这是非常有意义的活动。从教师的角度看，可以促使教师更加关注学术前沿的信息，并及时把研究成果予以转化；从学生的角度看，可以听到在课堂中不能听到的信息。因为学术讲座起码要注意"四性"结合：学术性、前沿性、针对性和趣味性。学术性指的是所讲内容要有蕴含，讲述过程要有逻辑；前沿性指的是所讲内容必须是目前研究的热点或重点问题；针对性指的是所讲内容适合听众的要求；趣味性主要是指要以生动有趣的方式把内容表现出来，使听众不至于昏昏入睡。就一般的地方普通本科院校而言，趣味性无疑是引导学生慢慢喜欢上讲座的重要武器。

  据一些机构对北大、清华等名校的调查，有不少学生都承认，他们进步的动力及创造的灵感有不少就源于听学术报告。从中可以看到学术报告的作用。特别是一些大师的报告，内容新、形式美、感染性和鼓动性强，他们对学术前沿分析的独特角度在某种程度上说吸引了更多的人从事相关领域的研究。

  因此，我认为，不管在起步阶段遇到什么样的问题和困难，学术活动都应该成为一种制度。我们有理由相信，在不久的将来，学术讲座就有可能成为学校里一道值得期待的风景。

一份珍藏的记忆

今天，我非常荣幸应邀参加原师专931中文班同学毕业20周年聚会，看着他们朝气蓬勃的笑脸，我觉得非常开心。然而，最让我感动的是原中文系主任黎毓扬教授珍藏着的座位表。当黎教授按着座位表一一点名时，同学们都流下的激动的泪水，我们参加聚会的老师也无一例外地被感动了。

黎老师还根据生源情况做了标注。b为保送生；j为计划外培养生；d为单位委培生；p为普转成学生；"转"为转专业来的学生；没有标注的为计划内学生。从这个标注可以看出，高等教育转型时期国家政策的灵活性，这种灵活性为广大学子提供了更多的接受高等教育的机会。从这个角度看，这个座位表具有很高的历史价值。

黎老师真不愧是我们前辈的典范和杰出代表，爱生如子，对学生牵挂终生。我相信，黎老师会经常拿着座位表如数家珍般念叨每一位同学的名字，甚至，会经常为同学祈祷，遇上这样的老师，是学生一生的幸运。

我也秉承这样的理念，为学生的成长护航，为学生的进步导航，应该成为每一位老师的责任和义务。没有学生的进步和成功，教师就没有任何意义。

黎老师珍藏的这份记忆，是文学与传媒学院珍贵的财富！

不能参加考试，谁之过

昨天是四六级英语考试的日子。考试前，有一位女同学跑到考务室说，自己的身份证没有带来，要求主考允许其参加考试。主考按照有关条例拒绝了她的要求。我站在旁边，一方面为该同学惋惜——准备得好好的，却不能参加考试；一方面又觉得可怜——明明知道要三证齐全才能考试，为什么就不遵守规则呢？

在中国，历来是讲究"人脉"和"人情"的，这既是优势，也是重负。很多人正因为"人脉"和"人情"的束缚，最终走上了犯罪的道路。我曾写过一首短诗："并非所有的祝福，都表示真诚的问候，并非所有的礼物，都表示真诚的关怀。"因此，你需要警惕烟桥中的炸弹，酒路上的陷阱。"如果每一个人都按照规则办事，我们才可能轻松而行。

当然，要达到这样的境界，还需要若干年的等待。大学生是社会的精英，理应成为引领时代潮流的代表。我们不但应该在理念中有规则的意识，更应该在行动中有所体现。在红绿灯的斑马线前，应该成为遵守交通规则的模范；在公共场所，应该成为讲究公共卫生的表率；与人交往中，应该是守时诚信的先锋。假如我们大学生做到了，按照管理学中的"二八"原理（一个集体中如果有20%的人是积极向上的，那么，这个集体就有可能是积极向上的），我们的社会将会是按规则办事的社会。

所以，那位同学不能参加考试，并不是我们的主考不讲人情的结果，而是该同学对现代社会规则践踏的结果。既然是这样，后果就由她本人负责了。萨特说，在现代社会，每一个人都有选择的自由，同样，每一个人也必须有承担为自己的自由选择付出代价的义务。萨特的话对我们来说是一个重要的启示。

请别挑战规则

昨天刚处理了两位严重违反考场规则的学生，今天又出现了严重地违反考场纪律的事情——有一个班的15位同学居然预先在考场的书桌上写上了与考试科目相关的内容。要不是在考试前发现，这将成为史无前例的集体舞弊案。这是怎样的学生啊，我一直以他们为骄傲，因为他们曾为学校争得不少的荣誉，我没有想到，他们竟然是如此的……本来，家丑不宜外扬，但我这次是忍无可忍了。我要在此声明，请你们别挑战规则，因为我对作弊行为一直是零容忍的。

我经常对学生说的话是，在精神层面，要敬畏天地，在世俗层面，要敬畏法律、规则。敬畏天地，能让我们在所谓"神不知、鬼不觉"的状态下依然能够做到不作出违背社会道德和法律规范的蠢事，敬畏法律、规则，能让我们自觉地服从法律规则的约束。这是我们能够安身立命的根本。

我们是20世纪80年代上的大学，那是一个刚刚改革开放的年代，西方各种思潮纷至沓来。我们普遍接受的，不仅是平等、民主、人权等观念，还有规则、理性等思想。所以，即使各种思潮让我们眼花缭乱，但我们绝不会迷失方向。诚实为荣，作弊为耻，是飘荡在校园上空的主旋律。我们在这样的氛围中浸染多年，已经形成了对考试作弊零容忍的态度，所以，一旦有学生作弊，我们能轻易让他们一错再错吗？

按学校管理规定，一旦发现作弊行为，一律要留校察看处分，并不再授予学位。这是非常严厉的规则。可是，却经常有学生挑战这个规则。究其原因，有的是因为感觉到复习不好、有的是想考得更好、有的是因为平时无心学习早就准备考试时投机取巧、有的是看见别人作弊没有被发现而心理不平衡也跟着作弊等。在我们看来，不管原因如何，一旦发现作弊行为，承担的后果都是一样的。

有的学生以为只要作弊手段隐蔽，就不会被发现。这是严重的侥幸心理。教师在讲台上，对下面的情况简直是洞若观火，一举一动尽收眼底，除非监考的老师不作为！

我已经强烈地感觉到，单靠内心良知是很难遏制作弊现象了，必须依靠法则的威严，所以，请大家注意，请别挑战法则。

感谢与祝福

难忘的 2009 年转眼就成了过去式,在过去的一年里,有很多值得回忆的人和事,有很多值得好好感谢的人。我要特别感谢中文系 2008 级文秘专业和 2009 年入校的专升本班的同学,我分别在这两个班讲授文学理论和文艺心理学。我知道,我虽然会很努力去工作,但正如歌德所言:"十全十美是上帝的尺度,追求十全十美是人的尺度。"这意味着我的努力有可能与自己以及学生的预期有距离,因此,在开始上课的第一天,我就分别对他们说,请同学们对老师的教学与工作予以理解、支持和配合。同学们做到了,我很感谢他们。

虎年就在细雨蒙蒙的雨幕中款款走来了,这是意料未及的。总以为,虎总是夹着四面威风奔腾而至的,没想到却是一场温情的小雨陪伴而来。或许,虎风的转变,意味着今年将要演绎更多温情脉脉的故事,人们之间,也许会多一些宽容、多一些关爱、多一些理解和付出。

因此,在这样一个凉气爽人的虎年元旦,我衷心祝福每一位朋友:如虎添翼事业冲天,虎虎生威温情暖人。

不要扩大损失

早几天和几位同事在外面吃饭,席间,一位服务员不小心把菜倒在我身上了,连同受牵连的还有另外两位同事的衣服。服务员吓得脸都变了色,一个劲地说:"对不起,对不起。"我连忙安慰她说,不要紧,别紧张。我的同事也都表现出了很大的宽容。

在此，我首先要感谢的是我的同事们，他们在发生这个事情的时候所表现出来的涵养值得感谢，他们对我的态度的支持更应该感谢！

在现实生活中，谁都免不了有犯错误的时候，谁都有可能在无意中侵害到别人。这个时候，作为当事人，我认为最关键的是要有"不要扩大损失"这种理念，或者也可以称为处事原则。因为有些损失是无法避免发生的，理智的办法是不要让情绪变坏，马上对所谓的"侵犯者"恶言相向，甚至大动干戈，这样损失不但没有挽回，而且是进一步扩大了，这是一种很不划算的行为。

我认为，"不要扩大损失"这个原则可以用来处理很多事情，无论是家庭矛盾，还是邻里纠纷，和谐相处是我们共同的愿望和追求。吃亏一点点，可能会幸福一辈子呢。

成龙[①]赠礼

成龙来访，临别，客气地说："老师，学生别无他物相送，只能送你一本我读过的我觉得很有趣的书给您。"我一看，居然是我心仪已久的《大数据时代》，心中大喜，笑纳了。

成龙同学一贯喜欢读书，这是好习惯，还能把好书给人分享，这个习惯更好！祝成龙同学工作顺利！

成龙盼吾亦成龙，赠我奇书趣无穷。
等闲研读细推究，定能修得奇异功。

---

① 注：成龙同学的大名叫叶成龙，浙江温州人也。

心灵之约

亲爱的同学：

岁月无声，友谊有痕。

转瞬间，我们很多人已经年届半百。

岁月，无声地冲刷着我们的记忆频道。许多时候，我们开始执笔忘字，许多场合，我们开始忘词失句，昨天轰轰烈烈的场景，今天往往要努力回忆才能依稀展现。

然而，你对我的支持和帮助的温馨画面，却从未在我的脑海里消失；你给我春天般的温暖，也从未有散失过热量；你那阳光般灿烂的笑容，也总是闪烁在我的眼前。

友谊有痕，真的不是虚幻的童话。

我们深深地相信，同学之间，心灵是相通的。早几天，我们几位同学偶然在街头相遇，竟如失散多年的亲人般，欢喜得热泪盈眶。我们一起温习每一位同学的名字，一起擦拭凝聚友谊的每一个细节。最后，竟是异口同声地倡议，我们该聚一聚了！

是的，我们该聚一聚了。

聚一聚，再次感受彼此的温暖；聚一聚，再次凝聚彼此的力量；聚一聚，再次升华我们的友谊！

8月15日，我们在玉林等你！

不见不散，是我们再次给你的承诺！

坚持就是胜利

很久没有和考研的同学交流了，但愿他们能坚持住，有信心，有毅力。

我一直以为,有志考研的学生是最值得赞道的。

一是他们有志于改变自身所处的不利条件。我曾经用一位诗人说过的话勉励2010级的同学,"身处悬崖,心有所托",才能改变不利的局面。我知道,选择我们这样的学校就读大学,很多学生是不由自主的,毕竟我们远离中心城市,甚至在高铁时代,我们居然与高铁绝缘,原本只是地理的边缘,一下子就多了一个时代的边缘,说我们身处悬崖是一点不过分的。考研的同学是心有所托之人,他们默默努力,默默改变,默默超越。在我们的积极宣传下,2010级,我们共有106名同学报考,上线28位,录取22位,有好几位同学今年再考,终于圆梦。有理想,有追求,这是值得赞道的第一个缘由。

二是他们坚韧不拔的毅力。考研路上,艰辛相伴,每天都迎着第一缕阳光出发,披星戴月而归,大量的教材资料要看要记,大量的知识不断忘记,很多时候不由自主地焦虑,各种各样的困难不断地冲击着他们,但是,他们都坚持住了,这也是应该称道的。

三是他们稳如磐石的定力。在我们这类学校,真的需要使命一般的定力才能坚持到底。商业经济的繁荣,自由自在的快乐,懒散同学的嘲讽,不期而至的机会,无一不成为影响他们的不利因素。有时候自己患得患失的思想,也会成为影响坚持的因素。近两年,我们没有一个同学临阵退缩,这样的定力,应该赞道。

现在离研究生考试不到100天了,我衷心希望2012级的同学们以坚定的信念和毅力坚持住。在最后的冲刺阶段善于把知识转化为学问,考试时能做到触类旁通,举一反三,圆梦玉师!

祝同学们顺利!

创意写作理念

创意写作与传统写作理论的区别:

第一，创意写作认为，作家是可以培养的；传统写作理论认为，创作靠天才，即先天禀赋。

第二，创意写作强调从无到有，即强调无负担状态下自由创作；传统写作理论认为，创作需要丰富的生活积累和知识积累。

第三，创意写作强调心灵全部打开，即强调感性的题材，不能预料最后的结果；传统写作理论往往是主题先行，先构思，再写作，写作成果是可以预见的。

第四，创意写作往往从非虚构文本开始，最终走向虚构文本；传统写作理论认为，联想和想象是创作的最基本心理，实际强调的是从虚构文本开始。

第五，创意写作强调的是从内心体验出发，从内容叙述开始；传统写作理论认为，写作一定要重视遣词造句，即从语言选择开始，从修辞选择开始。

第六，创意写作强调的是写作是一种交流的行为，即作家与客体的双向交流，以及与"隐含的读者"的交流；传统写作理论认为，写作首先是个体化的行为，他与对象的交流是单向的，单独体验的。

第七，创意写作强调的是个人叙事；传统写作强调的是宏大叙事。

第八，创意写作认为，写作可以借助"电梯"快速登上楼顶；传统写作理论认为，写作是一个爬楼梯式的慢行，需要一个漫长的过程才能成功。

第九，创意写作强调，写作是大众的，可以快速地进入产业链终端——文化消费领域；传统写作理论认为，写作是精英的，是高雅的行为，和产业链相隔十万八千里。

综上所述，创意写作最核心的理念是：人人都可以成为作家，关键是，放飞心灵，面对自我，大胆尝试。

六、乡土情怀

我的故乡——客家围屋的经典之作

我的故乡，在玉林市南江街道岭塘村硃砂峒，我们居住的地方，是一个典型的客家围屋，从玉林市区往南沿玉陆路大约有9公里。

这是一个年代久远，布局合理，结构独特，功能齐全，文化底蕴深厚的客家围屋。

下面，我就分别向各位读者介绍。

第一，年代久远的古围屋。

居住在围屋内的黄氏客家居民是清代乾隆年间从广东梅县搬迁至这里的。有诗为证：

梅州江山旧华堂，阀阅久传江夏黄；
正里花村留政绩，千年翰苑擅文章；
绵绵世泽流孙子，赫赫家声自汉唐；
一看谱牒应许敬，令人远仰昔高阳。

也有对联印证：

金枝东粤嘉应梅州发源远，
立纲西粤郁林硃砂绪流长。

根据《广西传统民居、古村落基础情况表》记载，硃砂峒客家围拢古寨占地面积为18.2万平方米。建于清朝乾隆皇帝在位时的1795年，系我的先祖黄正昌所建。黄正昌号炳粤，乾隆、嘉庆、道光三位皇帝在位时，任鬱林州司马、州同知等职，官至正五品，过世后，道光皇帝赐予"奉直大夫"，故古寨"江夏堂"的大门正上方悬挂着"大夫第"牌匾。"第"意为皇帝所赐，所以，该围屋应该是得到了当时清政府的资助建立起来的。

围屋南城门二门有一副对联也充分说明了该围屋悠久的历史：

清乾建七星伴月，数百载古迹名居。

第二，合理的布局。

首先是建筑地址的选择。硃砂峒围屋背靠山，前有广阔的田野，左右也是狭长的田野，整个建筑仿佛安排在一个盆地一样，视野开阔，左右舒畅自由。

其次是围屋内房屋的布局，围屋内的房屋以祠堂为中轴线分三座四廊。主次分明，错落有致。

再次是各廊房屋之间，有排水沟相隔，共有四条排水沟，其排放的生活污水或雨天积水流向祠堂外的池塘。

另外，围屋周围的城墙呈半月形，祠堂外的大池塘也呈半月形，符合《易经》中的阴阳相应的原理。城墙左右各有六米宽的护城河。池塘和护城河起到了防火、防盗、防旱以及调节气温的作用。

第三，独特的结构。

房屋以祠堂为中轴线构筑房屋。祠堂左右均有门和廊道联通，两侧各有四排庭院建筑，用巷道相隔，相对独立，庭幽舒畅，古朴实用。每一个庭院内有大小不等的天井，以利采光，这又构成一个小四合院。屋连屋，院连院，庞杂而有序，体现出客家民居典型的"九厅十八井"的风格。每座房屋基本上都有2层，楼上楼下均可住人。

城墙高度可达6米、厚度超过60厘米，上面布满大大小小的射击孔；城墙建有七座炮楼，称七星伴月。外围环绕着6米宽的壕沟，全城南北城门各一个，城门各分两重，原来有推龙门。这样的结构，利于防御。

第四，齐全的功能。

祠堂是举办各种典礼的场所。祭祀、婚丧嫁娶以及各种庆祝活动都可以在祠堂举行。围绕着祠堂的房屋以及相邻的房屋主要是居住使用。而紧靠围墙的建筑，主要是防御和饲养牲畜使用。寨中有学堂，供本族子女和附近村民孩子读书使用。

第五，深厚的文化底蕴。

围屋祠堂墙壁和檐顶或雕龙画凤，或画花鸟山水。"大夫第"正脊堆砌松竹兰、梅花喜鹊、牡丹、麒麟、石榴、凤凰、夔龙、柳、菊花、莲花、金鱼等，檐下彩绘宝相花及壁画16幅，内容包括：戏彩娱亲、喜鹊登梅、双喜登梅、凤凰呈祥、金鸡报喜、外国进贡、通商口岸、平升三级等。这些雕花及绘画，体现着客家人对美好生活和理想的追求。

围屋的诗歌和对联更能体现客家人的文化特质。被誉为客家人的认亲诗是《江夏堂诗》，诗云：

骏马匆匆出异方，任从胜地立纲常；
年深异境皆吾境，日久他乡即故乡；
朝夕莫忘亲命语，晨昏须荐祖宗香；
惟愿苍天垂庇佑，三七男儿总炽昌。

这首诗，体现了客家文化的典型特点：客居他乡，入乡随俗；落地生根，建造天堂；忠君孝祖，和睦兄弟。

我的伯公黄世英也撰有一对联：一等人忠诚报国，两件事读书耕田。体现的则是客家人"耕读传家"的传统。

另外，硃砂莊围屋内的对联具有深厚的文化内涵，他们点缀着这个古寨，使之具有永恒的生命和勃勃的生气。

南城门对联：
淑气初回桃李秀，晴光乍转桂兰新。
或：
天下世间日月进，地轴元气复载来。
南大门二门：
刁斗无声人寿世，金汤永固太平春。
或：
清乾建七星伴月，数百载古迹名居。
北大门对联：

春归禹甸山河外，人在尧天雨露中。

或：

硃矿颜红呈宝贵，砂石沾银显靓光。

北大门二门对联：

春回捷报鸡先唱，喜炮爆声犬不惊。

或：

天地人生新日月，时代悠久旧古城。

祠堂大门对联：

颍川世泽，江夏家风。

或：

文章华国，诗礼传家。

头厅对联：

上苑春风辉翰墨，重门瑞色沐春光。

二厅上联：

堂上椿萱欣爱日，阶前兰桂喜阳春。①

二厅内联：

诗书府内香还久，孝友堂中泽孔长。

三厅对联：

桃李欣承新雨露，箕裘丕振旧家风。

三厅内联：

江夏堂中俎豆万年生色，硃砂峒里乾坤千载流芳。

祭宗祖天长地久，佑子孙月远年深。

三厅后门联：

光前招百福，裕后集千祥。

另外，硃砂峒的社头、庙屋的对联也很有特色：

社头门口对联：

社坐南方严镇守，亭前北面速趋跄。

社头神位对联：

---

① 注：《幼学琼林》中说："父母俱存，谓之椿萱并茂；子孙发达，谓之兰桂腾芳"。

荷德如山重，神恩似海深。

庙屋大门对联：

帝德巍峨有址，神恩浩荡无私。

庙屋神位对联：

杨柳枝头甘露洒，莲花座上慧风云。

寒显千祥持天下，山德降幅维世民。

俎逗千秋勤稼穑，馨香万古布恩膏。

地灵宏化有，土厚广资深。

　　以上对联体现着典型的客家文化特色：一是诗性的思维方式，对联中没有出现荣华富贵的字样，但却体现着对富裕生活的憧憬，并且，相信神灵对人的生活具有深刻的影响，即相信天人合一；二是对忠孝文化的推崇；三是耕读文化的继承和发扬的强烈愿望；四是对和谐生活的追求。

　　正是深厚的文化积淀，硃砂垌历代来人才辈出。黄正昌之子黄佐清（号梅园）和黄佐清之孙莹才先后考取嘉庆、光绪时的科恩举人。据原《玉林市志》记载，黄正昌的后代黄辛波，曾任中共鬱林县地下特别支部书记，是桂东南武装起义者之一，1949年5月，被国民党枪杀于东岳岭，时年29岁。黄辛波的妻子李庆惠于1947年入党，1949年被国民党杀害，年仅27岁。黄展强，曾在解放军第二野战军三十八师任某团团长，后成为云南红河区第一任区长。黄烈勤，是航天工业部高级工程师，全程参与"两弹一星"的研发。据不完全统计，中华人民共和国成立后，有50多人考上大学。中山大学、浙江大学、北京外国语大学、武汉大学、华东师范大学、华中师范大学、广西大学等重点院校都有硃砂垌人就读。有一人还取得博士学位。

　　2004年，硃砂垌围屋被评为市级文物保护单位。玉林市文物部门对围屋的权威评价是：具有防御功能的建筑形制，具有鲜明的时代特点，同时隐约透露出建造者客家文化的特性。硃砂客家围屋整体设计布局合理，讲究人文山水的和谐相融，张扬着中原文化的气韵。

　　但是，由于年代久远，特别是近10年来，居民迁出围屋居住后，围屋崩塌严重。虽然，围屋被列为玉林市文物保护单位，但是，维修的经费极其有限。硃砂垌围屋面临着毁灭的危机，她正如一位风烛残年的老人，需要更多的人来关心和爱护，以便恢复她的活力和生机。

据了解，硃砂垌客家围屋是玉林乃至广西现存的客家围屋中规模最大、最完整的客家标志性建筑，这对研究客家人迁居玉林的历史及其文化、民俗、建筑艺术、宗法礼教等都很有价值，同时也是一处很有旅游开发价值的客家人文景观。我们期盼有关部门重视硃砂垌围屋的维护修缮工作，以使其价值得到充分的利用。

岭南文化风骨 中华民族脊梁

自古以来，人物品评中所说的"风骨"是指一种高尚人品的表现，而这种特点又是和我国的文化传统，特别是先进分子的人格理想、精神情操紧紧地联系在一起的。在中国古代文化传统中我们可以看到，先进分子的精神品格有非常可贵的一面，正如鲁迅先生所说："我们从古以来，就有埋头苦干的人，有拼命硬干的人，有为民请命的人，有舍身求法的人，……虽是等于为帝王将相作家谱的所谓'正史'，也往往掩不住他们的光辉，这就是中国的脊梁。"

桂东南文化是岭南文化的延伸，在桂东南这片文化底蕴深厚的土地上，不乏具有民族气节、爱国情怀、高尚情操的玉林名人名家。他们文韬武略，精忠报国，为民族独立和解放而不屈不挠、甘洒热血；他们为新中国的建设和发展而殚精竭虑、鞠躬尽瘁；他们是玉林人民的优秀儿女，是岭南文化风骨的典范，也是中华民族的杰出代表。

出生在乾隆盛世时代的"北流神童"李绍昉因其才华突出而被授职翰林院编修，担任国史编纂。他非常重视宣传孔孟之道中的伦理道德。对国君的忠诚，对长辈的尊重，使李绍昉深受乾隆的器重。有一次面圣，他在殿上看见一幅"子当承父业，臣必报君恩"的对联，李绍昉指出哪有君臣、父子地位颠倒之理，应改为"君恩臣必报，父业子当承"。乾隆皇帝对其才学及眼光大加赞赏，拍其肩膀说："卿实才压三江"。李绍昉这个典故，曾被一些人指责为"愚忠、愚孝"的表现，但是，如果我们透过历史的帷幕，站在今天的现实看，他这种思想实质上是对孔孟思想精华的维护。在传统文化中，皇帝是国家的象征，因此，对皇帝的忠诚，就是对国家的忠诚。而父子关系是"五伦"关系中的重要关系，处理好这一关系，才有可能实现"老吾老及人之老"这一理想境界。在市场经济风起云涌的今天，金钱利益无疑是值得重视的，但是，如果为了单纯的金钱利益而忘记个人应该承担的国家责任和家庭责任，在社会上不能报国，在家庭中不懂得孝敬长辈，整个社会就会陷入危险之中，所以，李绍昉的典故就具有非常深刻的现实意义。

在抗击外敌、保卫领土完整、维护国家尊严的斗争中，祖籍博白的刘永福是值得我们永远铭记的民族英雄。青年时代的刘永福对清政府的丑恶行径忍无可忍，组建了赫赫有名的天地会，公开反对清政府的腐败统治。天地会被清政府镇压后，刘永福流亡于中越边境一带，组建了黑旗军。期间，正碰上法国侵略者入侵越南，这相当于在自己的家门放火一般，严重地威胁着祖国的安全。在危险当头，刘永福毅然投入抗击法国侵略的斗争中。据史书记载，黑旗军在抗法战争中，"一战而法驸马安邺授首，再战而李威吕分尸，三战而法全军焚灭"。刘永福因成功抗法而闻名中外。中日甲午战争爆发后，刘永福率部抗击日本侵略者，在内缺粮饷，外无援兵的情况下，坚持抗日4个多月，英勇地抗击了日军两个近代化师团和一个海军舰队的进攻，沉重地打击了侵略者。伟大的民主革命先行者孙中山曾经说过："余少小即钦慕我国民族英雄黑旗刘永福。"

在中国现代史上，玉林这块热土也涌现了无数的革命英烈，他们为了民族的独立和解放甘愿抛头颅、洒热血，其中，北流籍的李明瑞是杰出代表。

李明瑞早年先后参加了两次讨伐军阀割据的战争，其一是参加孙中山领导的讨伐老桂系军阀陆荣廷、沈鸿英残部及驱逐滇军军阀唐继尧、龙云两部等战斗；其二是参加由共产党直接领导的北伐战争。这两次战争既锻炼了李明瑞的胆识，也提高了他的才能，更使他认识到唯有中国共产党才能救中国这个真理，所以，他毅然于1929年12月11日和1930年2月1日与邓小平、张云逸、俞作豫等同志一起在百色、龙州领导发动了旨在反对国民党反动派的起义，建立了红七军、红八军和左右江革命根据地，并任总指挥。

容县籍的爱国将领黄绍竑，一生致力于海峡两岸的和平统一。在大陆解放前夕，黄绍竑代表国民党政府和中国共产党谈判，在谈判中，他深刻认识到只有共产党才能使旧中国摆脱半殖民地半封建社会的悲惨境地,只有共产党才能救中国。因此,他赞成走政治协商的道路。他的主张遭到国民党政府的否决后,毅然离开大陆到香港,随后发表脱离国民党的声明。他的行动,在当时引起了极大的震动,许多在犹豫中的知识分子和国民党左派人士最终坚定了与新中国同患难、共发展的决心。

中华人民共和国成立后,在玉林这片积淀深厚岭南文化底蕴的土地上英才辈出,屡建奇功。有诗赞曰:"华夏朗朗清平世,玉林儿女续华章;文韬武略代有人,中华复兴益四方。"

博白籍的王力是举世闻名的语言学家,也是中国现代语言学的奠基人之一。王力先生从事中国语言学研究逾半个多世纪,他在汉语语法学、音韵学、词汇学、汉语史、语言学史等方面出版专著四十余种,其中多种被译为外文出版。他研究领域之广,取得成就之大,中外影响之深远,在中国语言学家中是极其突出的。王力先生在半个多世纪的教学生涯中,培养了一批又一批语言学专门人材。所以,无论是治学,还是育人,王力先生都做出了杰出的贡献。

玉林籍的蒋承炜是我国著名混合炸药专家,20世纪80年代中国十大青年科学家,荣膺"全国有突出贡献中青年专家",是享誉海内外的爆炸专家。蒋承炜先后主持和参加了多项国家重点研究课题,有20多项技术成果获得奖励,其中,全国科学大会奖三项,国家发明奖一项,国家特等技术进步奖两项,国防科工委重大技术成果奖两项等。蒋承炜这些成果的取得,标志着我国塑性粘结炸药的研究水平已经进入了国际先进行列,对我国核武器、常规兵器、采油工业和纺织工业的发展,都具有里程碑的意义。因功勋卓著,蒋承炜得到邓小平等国家领导人的接见和嘉奖。

北流籍的党鸿辛被誉为"两弹一星"功臣。他从事特种润滑材料的应用研究,这是国家高新技术所需要的应用型研究,其中有9项获国家级奖励,15项获省、部级奖励。他在润滑油脂、特种润滑涂层材料、航空航天润滑与防护材料、高分子复合材料等方面的研究达到世界先进水平。他的研究成果,为"两弹一星"成功升空创造了积极的条件,因此荣获"两弹一星"元勋的光荣称号。

陆川籍的李京文是中国工程院院士,他长期致力于科技进步、生产率、经济形势分析与预测、工程项目技术经济评估、资源与环境、可持续发展和区域规划等领域的研究。他较早提出了符合我国实际的工程技术经济论证理论与方法，采用科学方法对我国经济做年度与长期预测和产业结构与地区的研究，并主持多项国家重大工程项目论证和环渤海圈、中部五省、海南、深圳等地区经济发展战略的规划制定等，曾担任三峡工程论证综合经济评价专家组副组长、南水北调工程论证综合组负责人、京沪高速铁路论证技术经济组组长。党和国家给予他很高的奖励，其中包括国家科技进步奖，孙冶方经济学奖等。

这是新时代岭南文化风骨的典范，这样的风骨，铸就了新中国永远不弯、永远不垮的民族脊梁！

美食记忆

在年近半百的时候，偶然读到改编成三句半的《悯农》："锄禾日当午，汗滴禾下土，谁知盘中餐？——有毒！"这是改编者对今日社会的讽刺。的确，不少商人为了钱而不惜践踏规则，甚至不惜超越道德底线，以至于食品安全成为令人焦虑，甚至是人人自危的问题。我忽然回忆起难以忘却的美食体验。

第一次渗入记忆的美食当是我姑妈给我煮的一碗鸡蛋粥。那是20世纪70年代中期，我大约是十岁吧。那天，我奉父母之命送布料去离家十里之外的姑妈家。那时候，姑丈在火车站上班，姑妈在家务农，拉扯着表弟表妹三个孩子，日子也相当艰难。姑妈手巧，会裁缝衣服，家里有缝纫机，所以，每年春节前，我们兄弟姐妹五人的衣服都由姑妈做了。

我是吃了中午饭去姑妈家的。那时的农村，相当贫困，中午一般是吃粥。在路上拉了几泡尿，肚子就饿了。去到姑妈家时，已是下午2点多钟，按理，已过了吃午饭的时间。可能是我的饿相让姑妈看着可怜，也可能是姑妈为了嘉奖我的勇敢，10岁就敢一个人走十里路。总之，姑妈毫不犹豫拿出一个鸡蛋,说要给我煮鸡蛋粥吃。我当时一听见有鸡蛋粥吃,肚子更饿了,所有的味觉都兴奋得像要上台领奖的战士。在等待中,我不断吞咽亢奋万分的口水。

不一会儿,醇厚的香味从厨房飘出,未等姑妈招呼,我就直奔厨房待命了。当姑妈把那碗黄澄澄的鸡蛋粥端到我面前时,我恨不得一口吃完它。你要知道,我在家虽然也吃过鸡蛋粥,但往往是有名无实,因为人多,一个鸡蛋要配半锅粥,淡淡的味道实在不能解馋。

现在,姑妈端给我的是一个鸡蛋配的一碗粥,黄澄澄的颜色,粘稠稠的形状,香喷喷的气味,无一不让我激动起来。姑妈也看出了我的急态,小声吩咐道:"别急,这碗粥全是你的。"我能不急吗?第一次独享一碗鸡蛋粥,能不急吗?眼看着往上冒的蒸汽,我都恨不得吸回去,这么香的蒸汽,白白地飘走,真是莫大的浪费。

终于可以吃了。当我把第一匙羹蛋粥送进口里时,我简直要疯了!那种香味,让我那些兴奋的味蕾得到及时的养料补充,正如久旱的花儿得到甘露的滋润一样,立即鲜活起来。我舍不得吞下去,希望那香味永留在口中。可那不争气的胃又如吸管一样,一下子就把粥吸下去了。那香香的蛋粥让我的食道酥酥的,暖暖的,那舒服的感觉仿佛如我后来无意中吸到的煤气一样,飘飘若仙了。

就是这一碗粥,让我对姑妈多了十二分的尊敬。姑妈的家从此成了我十分向往的温柔之地。以致后来我去姑妈家,竟然分不清是因为喜欢那胖嘟嘟的表弟,还是因为喜欢那一碗香香的鸡蛋粥。

今夜,我注定要为那一碗碗鸡蛋粥,失眠!

七、现象反思

谁扼杀了创作的天性

最近看到一个视频,一位小学老师让学生用"我的,朋友,是,小红"这四个词语造句。前面两个学生分别说:"我的朋友是小红"和"小红是我的朋友",老师表扬了他们后再问:"谁还能造一句?"这时一个小帅哥起来说:"朋友,小红是我的。"老师大怒:"滚!"

这个视频的真实性我不便追究,我只是想说,现在的教育太成人化了,完全没有了童真,这,正是创作力受到扼杀的缘由之一。

早几年,有一个地方的小学语文考试,有一道题是用"难过"来造句。有一学生造的句子是"我家门前的小河很难过"。结果被判错,因为"标准答案"没有这个句子。我看了报道,觉得非常的难过,也非常的悲哀!为学生碰上那样没有学问、没有想象力的老师而难过,为教育界的死板而悲哀!

以上例子,如果从生命哲学的层次看,都是因为我们的老师没有生命意识,没有人文关怀的理念!

毫无疑问,我们的创作能力就是被愚昧的教育理念和单一刻板的所谓"标准"扼杀了。

爱的感觉是什么

高校对大学生谈恋爱的态度从禁止到默认到部分老师大力提倡,这是一种宽容,更是一种进步。这种转变给大学生以充分的自由,但是,如何理性地使用这种自由呢?却不是每一个人都能把握的。假如是为恋爱而恋爱,那注定要承担很多意想不到的痛苦,假如,是缘分让你们相遇,那么,就热热烈烈地爱下去,幸福地享受生命本身,也许能使自己的潜力得到充分的挖掘和发挥,说不定会变成像徐志摩那样的诗圣和情圣,或者会像诺贝尔一样成为声名卓著的科学家。爱情,不但可以造就艺术家,而且能造就科学家,这是历史告诉我们的。

那么,怎样判断自己是否已经碰上生命中的另一半呢?多年前,我曾经写过一首短诗:"你偶然一瞥,刹那燃烧了——我整个冬季的枯萎。我寂寞已久的荒芜,从此有了黄莺的啼鸣。"这是一见钟情的相遇,但是,还是停留在单相思的阶段,要得到对方的认可,还需要有萨仁图娅那样的感觉:"当暮色渐蓝,你那里可是新月一弯?枕畔也该有,一段怀念,一串梦幻?相聚,一百个温暖,别离,十万个思念。然而,生命之船岂能泊在港湾!我用心细数离别的日子,听风,总像你的手,在叩打门环。"也就是说,当你感觉到他(或她)已经成为你千思万挂的对象的时候,准确地说,当他(或她)的回应值得你千思万挂的时候,你就算是找到生命中的另一半了。

我最后必须提醒的是,爱情,特别是爱人,是可遇不可求的。

最美的变现

今天为华文翼书网写一个个人简介,用了这么一个句子:因为各种原因,未能及时把80年代植下的文学基因变现。写毕掷笔,忽然觉得,这个词用得挺好的,写作,的确是人生中最美的变现。

我们知道,走专业创作之路的人只是少数,毕竟,成为专业作家需要持续不断的兴趣和坚韧不拔的毅力。但是,我们每一个人,都需要与别人交流和交往,需要及时地把自己的感情和思想告诉别人,这就需要学习说话的技巧。说话，虽然不是创作，但却是创作的基础。创作，也为说话的生动形象提供了必要的引导和保障。

我把写作看成变现主要是基于以下的理由：

第一，写作，是思想和感情的变现。正如郑板桥所说，作画有三个阶段：眼中之竹，胸中之竹，手中之竹。看着竹子，有了感情，很想画它，拿起画笔，自然之竹最终成为渗透着艺术家思想感情的艺术之竹。

第二，写作，是审美理想，甚至是人生理想的变现。柔弱文人写刚毅侠客，是文人对刚毅人格的追求。落魄文人写才子佳人大团圆，是对美好爱情和婚姻的渴盼。心清如水的文人写铁面无私的包公断案，是对公平公正生活的神往。

第三，写作，是个人内心选择的变现。在非常重视文化软实力的时代，会写作，善写作的人，无疑是各个用人单位争抢的对象，争抢的单位越多，我们选择的余地也越大。

第四，写作，是个人智慧的直接变现。当我们达到把写作当成是一种生活方式时，我们的智慧将直接给我们带来无限的财富。家有良田千顷，不如薄艺在身，写作，无疑是最高大上的"薄艺"。

爱上写作，坚持写作，享受写作，是人生最好的变现。

关于审美表达的理解

在前一段时间讲述"审美表达"这个问题时，有不少学生觉得很难理解。其实，所谓审美表达，说简单一点，就是作家用形象或生动的故事情节把自己的思想、情感、愿望、理想等表达出来。如，一个小伙子向一个姑娘求爱，如果他说："我喜欢你，请接受我吧"，那么，这是一般表达。如果他说："我给你的花，你能接受吧？"这就是审美表达。再有，某人生活很节俭，甚至说是自己对自己都很苛刻，如果我们说"他是一个吝啬鬼"，这是一般的表达。

下面这几个故事也是说吝啬的，但因为是借用生动的故事情节来传达这个意思的，就是审美表达了。

（1）某天，一对夫妻气喘吁吁地赶到火车站，刚踏上车，火车就启动了。妻子埋怨丈夫说，都是你，害得我差点累坏了。丈夫说，我们今天虽然累了一点，但一点不亏嘛。旁人好奇地打听原因，丈夫解释说，宾馆允许我们住到中午12点，所以，我们坚持到12点才退房出来，既然交了一天的房费，就住够时间嘛。

（2）一天，一个职员迟到了，别人问原因，他说，老婆出门前一再强调让我多睡一会儿。别人赞，多好的老婆！他满脸委屈地说，老婆说电热毯虽然停了电，但还是有余热，你就多睡一会儿吧。

（3）一天，丈夫回家后向老婆吹嘘，我今天在回家的路上肚子很不舒服，以为要大便了，跑到厕所蹲了下去，幸好，只放了一个屁。没想到老婆大怒："败家精，你干嘛不把屁也带回来，用来吹灯也行啊！"

要真正理解审美表达，就多读读文学作品吧。

我真的老了吗

早几天，接到一个单位的邀请短信，上云：尊敬的某某某专家，你好！……我一看，心里有点挂不住了，因为发短信的人用了"你"字。

以前，学生给我发短信，我是不太在意他们用"你好"或"您好"的，但我在很多场合都会提醒他们，问候长辈、领导的时候，一定要说"您好"。中国语言的精深大家都知道，"您"意味着"把你放在心上"。曾有人批评简化字"爱"，他们问，"爱无心何来爱？"是有道理的。

我这次感受特敏锐，别人用了"你好"，真的是感觉自己不受尊重一样。细究内心波澜，好像是上了年纪，特别渴望尊重，我这把年纪了，你们还敢不把"你"放在心上？

应该说，我真的老了！

端午节不能互祝快乐吗

今天是端午节,看到很多朋友转发下面这条短信:

端午节不能互祝快乐的,最多互祝"端午安康",因为端午节是个祭祀节日,这天伍子胥投钱塘江,曹娥救父投曹娥江,大文豪屈原投汨罗水。

五月初五是毒日,是个悲壮的日子,是祭祀的日子。

所以非遗专家杨广宇教授说,要扫扫盲了,不是所有节日都给互祝快乐,如清明节、端午节,只能互送"安康!"

有不少学生可能也看了这个微信,于是给我的祝贺也是"安康"。难道,真的不能祝快乐吗?我的观点是:节日必须祝快乐。理由如下:

第一,节日的一个很重要的功能是娱乐,娱乐就必须是快乐的。

第二,在中国传统文化、习俗中,凡是婚丧嫁娶,都要选择一个黄道吉日,这是农民自娱自乐的方式,既然如此,就不应压抑快乐!

第三,我们传统节日已成为约定俗成狂欢,不是个别专家的意志就改得了的。

所以我认为,祝福节日快乐,没有任何过错!

悲喜交加的七夕

七夕是母权社会鼎盛的标志,也是母权社会衰落的标志。

由于王母娘娘的干涉和阻拦,牛郎和织女陷入了有情人难成眷属的困境,这是母权的胜利。

牛郎和织女每年的七夕能在鹊桥约会一次，这是母权的让步，也是其衰落的标志。

王母娘娘之所以干涉，是因为牛郎和织女家庭地位的悬殊，门不当，户不对，有情鸳鸯必心碎，这是中国社会的必然。

传说中，虽然没有提到牛郎和织女劳燕分飞的结局，但可以看出，这明显是中国古代文人浪漫的人文关怀所致。牛郎在人间，一人既当爹，又当娘，身心俱疲，他还能有闲心守约七夕吗？织女在天上，夜夜垂泪到天明，她还能记得七夕的具体时间吗？

我的看法是，与其每年守约七夕，不如天天七夕。有情人不必在乎别人设置的障碍，尊重自己的内心选择，特别是牛郎，一定要努力长成可以让"妻栖"的参天大树。已成眷属者珍惜眼前的幸福，特别是牛郎，应该明白，七夕，就应该做到让"妻喜"。

一辈子不仰仗丈母娘的权势，这是牛郎的骨气；一辈子让丈母娘看不起，这是牛郎的悲哀！

思维方式与贪腐

从党的十八大召开到今天（2014年11月28日），已经有54名的省部级官员落入法网，而"小官巨腐"的报道更是不断见诸媒体。出现这种塌方式腐败的原因很多。我认为，思维方式的错位是其中一个。

人类从古到今，已历经农业经济、工业经济和知识经济三个时代。这三个不同时代，社会发展所依赖的资源、条件不同，思维方式也不同。农业经济依赖的资源是土地和劳动力，思维方式是直观的，甚至是原始的思维，往往缺乏战略性眼光，多数从自身的感受出发考虑问题。工业经济依赖的是矿产和资本，思维方式是理性的，以牛顿思维为代表，重视线性的因果关系。

知识经济依赖的是知识和智慧，思维方式是浪漫型，以量子思维为代表，相信世界发展可以呈现跳跃性，因果关系可以是一果多因，也可以是一因多果。

由于思维的不同，对待未来的态度也不同，人们的行为结果也不同。

农业经济的思维看不到未来，所以在收获物质成果时，态度是"竭泽而渔"，只顾眼前利益，不管未来，能收多少就收多少，喜欢囤积物资以应付未知的将来。

工业经济的思维相信因果，讲究理性、法治。在收获物质成果时，态度是"按法取之"，正如韦伯在《新教伦理与资本主义精神》一书中所说："任何时代的人都有贪欲之心，资本主义的胜利在于其确保索取财富的合法性"，这个分析是正确的。

知识经济的思维相信凭个人的智慧和能力能控制未来，世界的方向，特别是个人的发展方向完全由自己的智慧所决定，所以，对未来充满信心，甚至有浪漫色彩。对待物质的态度容易满足，并愿意把更多的物质成果与人分享。比尔·盖茨是典型代表。

我们的个别官员生活在知识经济时代，却是农业经济时代的思维，面对诱惑，岂不陷落？

事实上，在中国，农业经济思维模式下，发展成了人类社会的第四种经济模式：权力经济。这是掌权者的皇权意识所使然。"普天之大，莫非王土，率土之滨，莫非王臣"，是典型的权力经济思维模式。为官者随着权力的不断提升，个人贪欲意识也就越来越膨胀，堕落就是必然的了。

因此，重视现代化的法律建设，是时代发展的必然要求。

高山仰止

今天离家，明天上午飞上海。这段时间自由度高了很多，终于有机会去瞻仰蒋孔阳先生了。

古人评孔子：高山仰止，景行行止，虽不能至，心向往之。这是后人对道德高尚的前辈的敬仰。

蒋先生在中国当代美学的地位，犹如令人高仰的山峰，吾辈有幸亲近，甚慰！蒋先生的《德国古典美学》，揭开了康德学说的神秘面纱，打开了黑格尔"理念"的幽深隧道，让后人得以走向美学研究的坦途。《美学新论》提出的"对象化"和"审美关系"学说等，使得美的奥秘不再神秘！

"蒋门三杰"（曹俊峰、朱立元、张玉能）继承了蒋先生的传统，分别在康德、黑格尔和席勒开拓的疆土上深耕细种，终修成正果，成为学今主流美学——新实践美学的掌门人，深得学界好评。

先生的伟大，是带出了一个团队，让马克思主义美学在中国得以开花结果。他是马克思主义美学的实践者、推动者。

学术盛典

今天，"当前中国美学与文艺学理论建设暨纪念蒋孔阳先生诞辰90周年学术研讨会"在复旦大学胜利召开，来自全国各地的名家云集上海。学界泰斗式的人物童庆炳、杨春时、张玉能、朱立元、邱紫华、曾繁仁、王元骧等出席盛典。钱中文先生则来电视贺盛典的举行。复旦大学校长杨玉良先生在欢迎辞中盛赞蒋先生是人文社会科学的先驱，是复旦的光荣与骄傲。

与会代表也纷纷盛赞蒋孔阳先生的道德与文章。童庆炳先生说："蒋孔阳先生无论是道德还是文章，都站在一个至高无上的位置"。他分别用"厚道待人"和"纯正学术"来评价蒋孔阳先生，其"厚道待人"表现在其能平等对待同事、朋友，积极扶持后学，提携青年；其"纯正学术"表现在其志在探索真理，认真求证，大胆开拓创新。

蒋先生的许多学生含泪回忆了先生对他们的热心扶持。先生的夫人濮之珍教授根据先生的遗愿做了两件大事：一是设立孔阳奖励基金，用于奖励复旦的优秀学子；二是把先生的藏书、书柜等物品捐献给了国家博物馆。先生的无私，无意中构筑了一座让后人感动的丰碑。

先生对中国美学和文学理论建设的贡献也是巨大的。其开门弟子朱立元先生把蒋孔阳先生的学说称为中国美学第五派。的确，蒋先生在《美学新论》中提出的"美在生活实践中""美在审美关系中"和"美是多层累的创造"都具有里程碑的意义。尤其是"美在审美关系中"，开拓了美学研究的新视野，解构了美的预设、先在的观念。把美看成是在审美关系中生成的，又克服了主客二元反映与被反映的机械唯物论。蒋先生认为，审美关系具有实践性、当下性、形象性、直觉性、自由性等特点，这正是美和美感的本质和特征。

蒋先生关于绘画、音乐理论的论述，以及他对《乐记》等中国传统文艺理论的热爱和尊崇，都得到与会代表的高度评价。

总结后人对蒋先生的评价，我觉得可以这样概括蒋孔阳先生的形象：先生如惠风，给人以温暖；先生如友朋，给人以力量；先生如北斗，给人指方向；先生如朗月，给人以光明；先生如丰碑，给人以震撼。

我有幸在今天的盛典中感受先生的魅力，实乃天佑！

继往圣绝学

刚才查看学生写的新闻稿，发现学生有"继万圣之绝学"之误，心里颇不舒服。因为这是北宋名臣张载的名言，温家宝总理在演讲中多次引用，怎么可能错呢？

张载的"为天地立心，为生民立命，为往圣继绝学，为万世开太平"被当代哲学家冯友兰概括为"横渠四句"。

"为天地立心"，可以理解为要在社会上建立一套符合"仁义礼智信"的价值体系。

"为生民立命"，可以理解为要为天下百姓利益奉献自己的一切。

"为往圣继绝学",可以理解为要传承华夏民族优秀的文化。

"为万世开太平",可以理解为要努力建设文明和谐的世界。

这四句,充分表现了张载为官的崇高目的。

爱孩子,就从小爱起

自从儿子远离家门外出求学,我每次与孩子分别,都压不住那伤感的情绪。今天,在天朗气清的首都机场,也不例外。

按理,儿子已长大成人,也正朝着自己确立的人生目标往前走,看他信心满满的样子,我不该伤感啊!可我做不到,在与儿子招手说再见的刹那间,潮湿的双眼再不好意思直视儿子,赶紧转身往候机厅走去。我是怎样的父亲啊,居然经受不住如此平常的分别!

也许是内心积累多年的愧疚感总在关键时刻爆发。儿子读初一那年,我毅然选择外出深造。在做出决定之前,父亲曾给我写了一封长达 7 页信纸的信,核心内容是:你在孩子成长的关键时刻选择远离,留下的遗憾将是永远无法弥补的。

但我没有听从父亲的劝告,依然坚持自己的选择,接着的四年,一直在外求学。期间,每学期回家 1~2 次。

开始外出求学的那一段时间,几乎天天打电话与儿子交流。可随着儿子课业的增多,父子之间说话的时间越来越少,虽然说不上隔膜,但慢慢有了忧伤。

愧疚的情绪始于儿子的一次意外。那是一个隆冬漆黑的早晨,儿子在离家不远的地方,遭到两个小地痞的欺负,那两个小地痞要抢他的自行车。幸亏儿子急中生智的喊叫,把那两个小地痞吓退了。但此后相当长一段时间,儿子都需要妈妈陪着走过那一段路。那次意外给儿子的伤害程度如何,我无法估测,但这次意外给我的伤感,却始终如无法结痂的伤口,每每在与儿子分别时，总是不期而至的爆发。作为父亲，是应该在孩子成长的关键时刻，陪伴在他左右的。

　　有一次寒假，当时儿子已经读高中了，我兴致勃勃对儿子说，儿子，陪爸爸说说话。儿子一脸的冷漠：在我最需要你的时候，你却不在家，我和你还有什么可说的。毫无掩饰的直白让我措手不及。我开始认真反思，我该以怎样的方式弥补父子之间的隔膜。

　　经过几年的努力，我与儿子的感情有了明显的改观，每每在重大决定做出前，儿子都要虚心征求我的意见。尤其是让我安慰的是，每次打电话回给他妈妈，他总要问，爸爸去哪了？

　　可是，对我来说，真的还是不能摆脱积淀已久的愧疚……

八、人生感悟

道德文章

这两天，近距离透视曲阜师范大学，终于窥见其成功的秘密：道德文章。

先说成功。2004年，有一中央媒体用"考研基地"来报道曲阜师大。该校不以为然。因为媒体只看见了数字，看不到素质。当年该校考研率超过60%，录取率超过40%。特别是一直被看成是"四肢发达，头脑简单"的体育生，当年上线人数100人，录取98人，这绝对是一个奇迹。曲阜师范大学是全国唯一一所办在县级市的大学，能有这么多的学生考上研究生，这是第一个成功。该校学生，特别是拔尖学生，考研的志向绝大多定位在"211""985"高校，学生具有宏大的志向，强烈的自信，这是第二个成功。另外，该校目前不仅有硕士学位授予权，还有博士学位授予权，有博士后流动站，这在全国同类学校中，是凤毛麟角，屈指可数的，这是第三个成功。

再说秘密。用"道德文章"来概括，不一定全面，但却接近真相。

曲阜师大地处孔孟之乡，博大精深的儒家文化发源于兹，繁荣于兹，也弘扬于兹。忠孝观念，仁义礼智信观念深入人心。曲阜师大与时俱进，夯实底蕴，不断丰富德的内涵。教师的职业道德强调"专与博"，强调"新与活"。"专与博"表现在专业知识的丰富深厚；"新与活"表现在教学体系以及教学设计的新颖与活力。学生的道德养成强调"信与强"。"信与强"的具体表现是诚信，自信，图强，自强。诚信即是不自欺，不欺人，每天都努力，每天都有进步；自信即相信自己设定的目标一定能实现；图强即是树立远大的目标并矢志实现；自强即是自我约束，自我砥砺，自我发展。教师的职业道德追求使他们成为学生的榜样；学生的道德养成使他们学有目标，学有自信，学有进步。

文章是指曲阜师大鼓励学生学会反思，学会科研，学会写作。文学院办有院级刊物三本，报纸三种，其他学院也办有类似的报刊。这是学生发展自我，完善自我的重要平台。"吾日省其身，吾日写其心"，是他们的生活方式。正是这样，教师传授的知识得以及时内化为学生的血液，学生的思考得以及时转化为物化成果，使教学相长真正得以实现。

曲阜文化底蕴深厚，人处其中，浩然之气渐滋暗长，这是地利。吾国一直重视国学，重视道德养成，这是天时。教师因势利导，学生欣然接受，这是人和。曲阜现象，确实值得探讨。

感动的理由

好文章容易令人感动，这是由于好文章的文心奇特，文胆卓越，文采出众。

文心，可以理解为文章独特的构思。好的文章总能体现作者观察问题、表达思想与感情的独特角度。

文胆，可以理解为作者取材的勇气和述评问题的胆识和气度。

文采，可以理解为文章语言的句式、词语风格等修辞以及作者渗透其中的不凡气势。

当然，这还不能概括好文章的全部，毕竟，每一篇好文章都有其独特之处，读者领会也有其独特的方式。但我坚信一点：好文章总是人性光辉的高度凝聚。正是人性的光辉，洞穿读者的智慧之洞，使读者不禁击节兴叹，为之动容。

愿所有朋友都能在好文章的熏陶中，享受到更美好的生活。

悦读微信

这几天在北京，居然都醒得很早。于是，我有足够的时间阅读海量般的微信，也有足够的时间咀嚼使用微信两年来的细节与感受。我现在的态度是，无论是谁，无论是什么内容，我都应该以愉快的心情阅读。

前年 7 月初，我怀着好奇和无比激动的心情开通了微信。当时，我正在百色考察，看到百色香芒，我忍不住拍下来，然后，狂发图片，我以为，每一个人都愿意分享我的喜悦，没想到，点赞者寥寥，我很快就明白，并不是每一个人都愿意分享个体的愉悦，别人并没有义务分享你的愉悦。

基于这样的认识，我开始成为微信朋友圈的旁观者。对精美的微信，进行精读、收藏；对特别精美的，才偶尔转发分享。我之前统计了一下，我收藏的作品有二百四十六篇（含图片），我分享的第一篇是母校校长、著名学者、著名教育家章开沅先生写的大字"师范光荣，教师万岁"，时间是 2013 年 9 月 30 日。

我分享的原则是，或瞬间就能给人带来快乐的，或对健身健康有益的，或对学习、工作有指导作用的，或对精神智慧有启迪的。

对涉及政治批评或人身攻击及八卦新闻，坚决不转发。这当然不是标榜自己的清高，而是觉得没有必要。不信谣，不传谣，理应成为阅读、分享的规则。微信中有不少是非议、甚至是攻击党和政府的，事实和数据却漏洞百出，明显看出是别有用心，这是千万不能转发的。

阅读微信，的确是一件很愉悦的事情。或者，准确地说，我们应该以愉悦的心情进入微信世界。无论是宏大叙事，还是个人心境，都可以看出，愿意分享的人，他们都有一颗细腻敏感而善良的心（喜欢批评党和政府的人例外）。思辨色彩浓郁的长文，丰富了我的思想；健身健康的文章，提醒我要注意休息；有关理财的信息，提醒我不能停止前进的步伐；优美的诗词散文，愉悦了我的心境；美食美景的图片，引发了我对美好生活的向往；小资情调的娇嗔，让我理解年轻一代沟通的技巧；甚至，一些八卦新闻，也丰富了我参与公共话题的素材……

当然，不可否认，我有一段时间，曾对部分信息内容不屑一顾，甚至恶心，比如，很个人的生活隐私，很琐碎的生活记录，很夸张的自我炫耀，很乏味的心灵鸡汤，很虚假的励志故事……这些毫无品位的东西，值得晒吗？

可这几天的早醒及反思，已经让我基本领悟微信：它传达的是信息，它不能对你的喜怒哀乐负任何责任。并且，我相信，任何信息，都透露着分享者的善良意愿！所以，从今天开始，我要以更加宽容的心境，悦读微信，悦读人生！

及时药

早几天，不经意间提到痛风问题，我的朋友邓太敏先生就记住了。今天就收到了他从远方寄来的药物。我太幸运了，也太幸福了！

我与邓先生于前年因工作而有缘相识，工作结束后并无联系。去年暑假，我带家人去他所在的县城附近的著名景区——九龙瀑布游玩，因为迷路，我给他打电话咨询。当他知道我一家人在横县时，非常高兴，不但热情地出来做导游，晚上还让家人一起出来请我们吃饭。他和家人的热情，始终让我全家感动不已。

早几天，他们一家又来玉林看我。在饭桌上，因喝酒的问题，我提到几次痛风对我的折磨，他竟记在心上了，这不，他回去没几天，药就到了。今天上午隐隐要发作的点，服了药，竟散去许多。有朋友如此牵挂，病，就不算什么了。我现在的感受是"好友用心如明月，好药未服病先除"。

谢谢你，我的好兄弟！

个人进步的动力是啥呢

一个人进步的动力是什么呢？现代心理学认为，人类有两种基本的心态，一是企恋心态，一是内心戏剧。企恋心态是人类征服自然、改造自然，使自然为自己服务的心态；内心戏剧是人类改变自己，发展自我和完善自我的心态。这两种心态促使了人类不断地发展和进步。

马斯洛的人格理论也认为，人类具有积极向上心理要求，从需要的角度看，人的需要从高到低分别是生理需要、安全需要、归属和爱的需要、尊重需要、认知需要、审美需要、自我实现需要。他还认为，人就是在不断追求需要的过程中发挥潜能的。应该说，以上的说法是有一定道理的，问题是，是什么原因促使人的需要不断出现呢？按一般心理学的看法，需要和动机是紧密结合在一起的，动机的产生则有可能来自两个方面：内在的和外在的。内在动机是指人自觉追求某种东西的心理要求，外在动机则是人在外在环境或压力的影响下产生的心理动力。我认为，外在动机的影响最为深刻。一个人如果对外界的精彩充耳不闻，或对外界的压力无动于衷，那么他就不可能有新的需要的产生。正如流传了很多年的那个放羊少年一样，他只知道他生活的全部是放羊、挣钱、盖房子、娶媳妇、生娃、放羊，一个很简单的轮回。他的需要之所以就这么简单，最主要的原因应该是没有外在的压力或外界的引导。因此一个人的潜力是否能得到充分的挖掘和发挥，很关键的因素也许是受其交往范围和交往对象的影响，如果交往的范围或交往的对象使其产生压力，他也许会产生新的需要，从而努力去实现自己的需要，人就进步了。

西方文化是一种渗透着神学意味的文化，他们认为，上帝本身的力量及影响是人不断完善的动机。如歌德所说的那样"十全十美是上帝的尺度，追求十全十美是人的尺度"，这话的潜台词就是，人认为上帝是十全十美的，是人类学习的对象，因此人也力争像上帝一样，正是这种力求接近上帝的想法，促进了人的进步和发展。上帝明显是一种外在的影响。

我们不相信上帝的存在，但我相信一个人发展和进步的动力绝大多数情况下是外界的压力或诱惑。

散文是什么

前一段时间，著名评论家张燕玲说，散文是一把照妖镜。这个定义非常准确地概括了散文的特点：真实。

散文确实是对人灵魂的真实写照，人的喜怒哀乐，在散文中都会毫不掩饰地表现出来。也唯有其真，才使散文独具魅力。理论界以"非虚构文本"为散文定位，也是非常准确的。

散文的真，一是其事真。作家往往是因为经历或体验了某一件事而感慨万千，然后是不吐不快，最终形诸文字。二是其景真，作家往往写的是亲历之境，山水烟云，草木鸟兽，皆是亲眼所见。三是其情真，作家的情感都是由具体的事和景所激发，也可以说是情有所托，所以特别真切。并且，情真，才能使其笔下的事和景具有生命和灵气，可以说，只有情真，才能使散文的散变得不散。

散文的真，给我们的启发是，每个人都有可能从事写作，从真出发，以情引路，最后达到美的境界。应该说，这是一条普遍的道路。

我们写作为哪般

经常与朋友讨论：作家写作为哪般？初看好像是一个很简单的问题，再思考，却发现不是一个很好回答的问题。回头再看看前人的回答，发现问题更加复杂。有人说是执行神的旨意（柏拉图）；有人说是人类的天性（亚里士多德）；有人说是情欲升华的需要（弗洛伊德）；有人说是苦闷的排遣需要（厨川百村）；有人说是人的需要使然（马斯洛）；还有人说是人类追求平衡的天性（阿恩海姆）……可以说，每一个作家都有自己独特的体验和看法，真的很难全部罗列。对于一个普通人而言，似乎也没有深究的必要。其实，写作也并不是很高深的行为，只要有兴趣就行。因此，与其说作家写作是为这般或为那般，还不如说是为了兴趣。

就一般人而言，如果单纯靠写作，似乎很难满足现实生活的各种需要，毕竟在成名之前，稿费是很低很低的。但是，还是有不少人持之以恒地写作，最大的动力无非是兴趣。兴趣既是动机，也是目的，这样说，应该是没有问题的。

当然，不同的人兴趣产生的原因也不同，有的人是天生就有这种兴趣，有的人可能是因为特殊的缘由而产生兴趣，但无论何种原因，兴趣都是一种牵引力。有一种情况必须要承认，那就是，如果自己的作品及时得到别人的认可，那么对作家本人来说是很大的鼓舞，他的兴趣肯定会高涨百倍！

我在高校工作的经历告诉我，大学生如果有意识地培养自己的写作兴趣的话，是很容易进入状态，并容易取得成功。当然，我所说的成功，并不是局限于成为作家，而是还指其他方面的成功，比如，思维能力、语言运用能力、感受力、判断力等都会得到强化。据我所知，我的学生目前走专业创作道路的几乎没有，但是，却有很多因为和写作结缘而改变了自己的人生道路，因此，写作真的是有"耕于东隅，收于桑榆"（古语是"失之东隅，收于桑榆"）之效。

如果说得哲学一点，写作还是一种精神追求。人生在世，除了物质需要之外，还需要精神支撑或寄托。当一个人有了自己的精神家园之后，他就永远不会觉得空虚。写作，无疑是建构自己精神家园的途径之一。

这就是我对"我们写作为哪般"的思考。

苏格拉底的坚持

古希腊著名的思想家苏格拉底被其国家的统治者以两个理由判处了死刑，一个理由是"苏格拉底犯有爱管闲事之罪，他对地下天上事物进行考察，还能使较弱的论证击败较强的论证，并唆使其他人学他的样。"另一个理由是"苏格拉底有罪，他腐蚀青年人的心灵，相信他自己发明的神灵，而不相信国家认可的诸神"。苏格拉底在《申辩篇》中一一做了申辩，他认为自己是无罪的。从他的申辩中我们可以看出他的确是无罪的。他被处死不久，他的国家也为他恢复了名誉，这也说明他是无罪的。

当然，苏格拉底是否有罪不在本文讨论的范围内。我想说的是，当苏格拉底的朋友试图通过收买狱卒和越狱的方式劝说苏格拉底逃离希腊时，苏格拉底没有听从朋友的安排，虽然这种安排会百分之百成功，他仍然选择了死亡。他的理由是，自己既然和国家签订了合约，他就应该自觉地遵守国家的法律制度，在国家的法律制度没有改变之前，他不能违背自己的承诺，不能因为国家的不公而抵制法律对他的制裁。苏格拉底坚持受死的伟大之处就在于他自觉地维护国家法律制度的严肃性。

也许，正是苏格拉底的坚持精神养育了西方的理性精神和秩序意识——一切行为都要讲秩序，讲法律，这是现代社会最基本的规则，从这个意义上说，古希腊并不古。相反，我们国家虽然已经建立了相当完善的法律制度和生活规则，但是在日常生活中，我们仍然到处看到违反秩序和法律的行为。行人闯红灯、随地吐痰，司机超速行驶，一些官员挖空心思索、拿、卡、要，无处不是目空法律甚至凌驾法律之上的行为，因此，从时间上讲，我们是现代人，但从行为上看，我们难道不是野蛮人吗？或者，我们不是正处在野蛮时代吗？因此，我认为，苏格拉底的故事必须让更多人了解，或许，他能真正唤起人的现代意识。

师傅珍贵的临别赠言

学徒即将独立外出打拼了，师傅看着自己的徒弟，心里非常得意。这几个徒弟跟自己学打铁三年，个个都卖力肯干，个个都善于思考，他们不但四肢发达，而且头脑都不简单。

他们明天就要离开自己单干了，师傅实在舍不得。临别在即，师傅说："明天就是离别的日子了，今天我们要好好喝几杯，祝贺各位徒儿。"酒过三巡，师傅语重心长地说："我现在把最后的秘诀告诉各位徒儿，千万要牢记在心！"听说还有最后秘诀，三位徒弟赶紧跪拜在地，异口同声地说："请师傅赐教，徒儿洗耳恭听。"只见师傅慢慢悠悠地说："在铁烧得通红通红的情况下，千万不要用手去摸！"三个徒儿差点喷饭，以为师傅喝醉了，这个算什么秘诀啊，三岁小孩都懂！

我起初听到这个故事的时候，也觉得只是一个笑话。可是，昨晚我经历的一场生死时速，使我明白这个笑话并不是那么简单。

昨晚的情景一直到现在仍然令我心有余悸。因为视线模糊，待我的车到红绿灯口时，红灯亮了，本该急刹停车，可惯性的作用及侥幸的心理，使我放任车子继续滑行。突然，车的左边突然冲过一辆电动自行车（也是闯红灯的人），我一急刹，同时响起"嘭"的一声爆响，一身冷汗遍布我全身，完啦！

下车一看，谢天谢地！不是我的车碰到的，是开电动车的人急刹后摔倒的。车上两个老人已经把车扶正了！他们也知道自己理亏，不敢跟我论理，悻悻地走了。

我却很久无法平静。假如，我提前刹车，就不可能有这般惊吓！假如，我牢记师傅的告诫：过红绿灯路口时，千万不要踩油门，也不会有这样惊险的瞬间了！可是，我明明知道有危险存在，为什么还要硬闯呢？是胆大？还是冷漠？还是侥幸？也许都有。

类似我这样经历的人太多了，要不，怎么会有"平地摔死人"和"浅水浸死人"这样的俗语产生。

世间往往就是这样：真话被听成了笑话，所以就发生了许多重复的悲剧！

为生命备份

前段时间，因为病毒入侵，我电脑硬盘里的资料全部丢失。朋友很专业地告诉我，你应该有备份的观念和智慧。

其实，我是知道该备份的，只是太相信电脑硬盘的寿命和抵抗力了，好端端的一个硬盘，又是自己专用的设备，怎么会有问题呢？

近段时间由于病痛的折磨，深夜彻骨的痛，白天求医的苦，父母深锁在眉头的忧愁，都让我悔恨万分，我为什么不为自己的健康备份呢？

20多年前，仗着身体的年轻，也迫于生活的艰难，我和很多青年教师一样，拼命地上课，只要有空，都去上课，最多的时候，每周上课近40个课时。现在终于懂了上课多的弊端：站多伤筋，话多伤肺，病多伤心。

40岁前，我也和很多年轻人一样，经常不顾身体的警告，在篮球场上无度地挥霍时间，挥霍身体，经常累得无法安然入眠。

近十年，我也像许多青年一样，凭感情凭意气拼命地喝酒。虽然潜意识里抗拒过，但经常是架不住别人的劝，别人的哄，更多时候是放不下所谓的面子，结果是"不喝不喝又喝了，少喝少喝又喝多了"。我曾两次严重过量不知道怎么回家的。一方面是生命力的渐渐衰退，一方面是毫无顾忌的挥霍，没有任何备份的观念和智慧，积劳成疾，终于在最近几年频频出故障。

生命真的脆弱无比，健康真的价值连城，学会备份真的非常重要。

多读书，凭智慧生活，这是一种备份；少挥霍，不透支生命，这是一种备份；多思考，少放任自己，这是一种备份；多反思自己，少埋怨别人，这是一种备份；心常存善念，身多积善行，这是一种备份。

有备份，我们才有可能抵御人生路上的任何意外，任何风雨。

别让名字蒙尘

前段时间，无意间阅读到莫小米的一篇文章——《岁月不蒙尘》。写的是一位80多岁的英国老太太用一生的时间精心呵护她多年收购、积累的小物件。那些宝贝很普通，数量却惊人，如不同神态的小熊猫饰件就放满了一个书架。老太太在丈夫去世后每天做的工作就是为这些小宝贝拂去尘埃。因为数量太多，以至于拂拭完最后一件宝贝的时候，第一个宝贝又有尘埃了，老太太又要开始新的一轮。有人曾经问她，这样简单的重复，累吗？老太太满脸堆笑："怎么会累呢？在拂拭这些宝贝的时候，你总会不自觉地想起购买这件宝贝时的惊喜，所以，拂拭这些宝贝，无疑是温习和享受当时的幸福时光。"这位老太太对她的宝贝的热爱，让莫小米不由有了这个诗意的标题"岁月不蒙尘"。

这篇文章又不得不让我想起人的名字来。名字是一个人在社会中的符号，承载着很多个人的信息，伴随着人的一生。名字的主人在生活的长河里不免会面对各种挑战。那些挑战，很多时候是看不见硝烟的，但事实上岁月的灰尘无时不在威胁着主人。如何让自己的名字保持鲜活的形象呢？关键是勤于拂拭。面对诱惑，你用规则拂拭；面对困境，你用乐观拂拭；面对享受，你用克制拂拭；面对冷箭，你用智慧拂拭；面对诽谤，你用冷静拂拭；面对过错，你用宽容拂拭。

很多成功人士，多年后谈及自己所经历的各种困境，无一不是谈笑风生，当年的悲剧经过岁月的漂洗无一不变成喜剧。这，应该得力于他们有理想、有追求，以及他们对自己名字的珍惜。行走天地间，言行举止都要与自己的名字匹配，时刻提醒自己，不要让名字蒙尘，不要让自己迷失于滚滚红尘中。记得经常拂拭自己的心灵，别让名字蒙尘，别让亲人蒙羞，应该是人的责任。

我爱手表

为纪念30年前我带的第一块手表，我昨天又买了一块手表，离上次买手表的时间还不够2个月。

31年前的高考，我因为没有手表，午睡睡过了头，以致当时差点错过了考试的机会。进入考场时，别人都在静静地做题了，我却惊魂难定，一直过了10多分钟，心，才慢慢平静下来，成绩就可想而知了。

第二年高考前，父亲用两担稻谷兑换了一块手表。临考前，父亲郑重把手表交给我，神情严肃地说，要掌握好时间。也许是因为有了手表，我的自信得到了充分的张扬，水平得到了充分的发挥，最终顺利走进了大学校园。我不记得那块表是什么牌子了，我只记得它走时很准确，我想它给我带来了好运。

可是，进入大学的第二年暑假，我却在黄鹤楼旁边的象棋残局中，把这块表抵押给一个好像也是观棋者的行人，结果输掉了。一直到今天，我都不敢告诉父亲。那年寒假回家前，我用5块钱买了一块电子表，说是和同学换手表带，才骗过了父亲的询问。后来，我几乎每年都要换一块电子表，一直到1998年换了一块西铁城表，才结束了带电子表的历史。那块表，是日本产的，全自动，沉甸甸的，戴在手上，闪闪发亮的表盘很让我陶醉，但一想到我的前表，我总是感觉到缺点什么一样，很失落。

后来，有了手机，手表曾一度退出我生活。要不是后来连续参加各种考试，恐怕，我就远离手表了。

因为考场规定，不能带手机进场，于是，我不得不再与手表亲密接触。于是，我每次考试前，总是自觉或不自觉地去看手表，甚至经常是每次大考都要买一块新表，我相信未经沾染俗气的手表一定能给我带来运气。就这样，一来二去了，我竟然慢慢地陶醉于欣赏手表的快乐中。日本表的精致与细腻，瑞士表的奢华与品位，法国表的夸张与想象，德国表的严谨与不苟，国产表的廉价与实用，各有千秋，无一不使我陶醉。甚至，很多花里胡哨的卡通表，都曾让我流连忘返。外国表后来越卖越贵，其昂贵的价格常让我退避三舍，我非常担心售货员一眼就看穿我只不过是来解眼馋的过客。为此，我曾专心地研究上述几个国家的手表特点、款式，去看表时，我熟悉的解释常常让售货员误认我是热衷于收藏的行家，我则经常在她们眉飞色舞介绍之际溜之大吉，心虚哦！

很多人用了手机之后，再也不戴手表了。其实，在我看来，手表除了时间功能之外，它还承载着更多的功能，如提醒功能，戴手表的人，都喜欢手表悄无声息的提醒，因为它让我们知道时间流逝的无情，也让我们知道守时守约的重要性。手表还有社交礼仪功能，因为它能避免我们当着顾客的面掏出手机看时间的尴尬。手表还有提高个人品位的功能，据说，在香港应聘时，你可以没有西装领带，但你不能没有手表。如果老板看见你没戴手表，会觉得你是没有品位的人，是不懂得规则的人。另外，手表的美学功能也是不能不提的，特别是男士，带一块上档次的手表，给人的感觉无疑会成熟稳重得多。女士戴表，既妩媚了自己，也愉悦了别人，当然，自己也因别人的愉悦而更加妩媚。

今天，我盘点了我的手表，共有 8 块，有几块已经很久不带了，但细细回味当时买表的原因，我都对它们心存敬意，因为它们都曾满足了我的好奇心，满足了我消费的欲望，甚至，有的满足了我求进步的愿望。另外，我那块西铁城表，我把它打进冷宫很多年了，前一段时间我把它从抽屉的角落拿出来，擦擦灰尘后戴在手上一晃，它又滴滴滴走起来，没有因为被长期冷落而怠慢我，这是何等的忠诚与仁爱啊！凝视着眼前排成方阵的手表，我突然觉得，它们也有鲜活的生命，它们好像随时听我发号施令的士兵，只要我一声令下，它们就会毫不犹豫地往前冲！

喜欢手表，因为手表具有忠诚、诚信、仁爱的品质。

自我批评

今天开民主生活会，我进行了自我批评：政治学习不及时、不系统；工作推进措施乏力；开始出现懒惰的现象。

这三点，都是不应该出现的，我毕竟还是老青年，或者说只是青年老人，精力、活力都不该如此，但事实上却出现了。就我的感觉，第三点最为明显，也最为危险。

歌德曾说，人最危险的有两种情况，一是安于懒惰，二是耽于贪欲。懒惰容易使人迷失目标，迷失方向。贪欲则易使人放弃原则，超越底线。这两种情况都有可能毁灭人。

细想起来，我的懒惰第一个起因是安于现状。自我感觉已登顶人生高峰，可以过安逸生活了。第二个起因是骄傲自满。相比于身边的同龄人，近10年我收获甚丰，评上教授后还保持每年发表3篇论文以上，好像觉得很了不起了。第三个起因是目标的迷失。自认为到达今天的境界，足矣，没必要再设什么目标了。

症状已现，原因已明。头疼医头，脚疼医脚，是我们一贯的原则。但是，对思想方面的毛病，似乎很难奏效。我知道，懒惰一旦成为习惯，几年后就有可能落人千里之外。

我曾在很多大型的讲座中说，作为现代人，必须具备四种品质：一是敏锐地感觉周围的一切变化；二是快速地做出反应；三是灵活地调整策略；四是坚决果断地采取行动。对比周围的同事，我好似"千帆竞过"之侧的"沉舟""万木争春"之旁的"病树"。有时，仿佛耳畔也响起龚自珍"我劝天公重抖擞"的热切呐喊，也经常产生"而今迈步从头越"的豪情。可是，懒惰总像令人舒服酥软的煤气，让我失去抵抗的力量。

但愿各位好友不像我一样被懒惰征服。

圣诞的焰火已在城市夜空次第开放、璀璨,我的人生是否还能重遇天时地利人和的时机呢?我不敢奢求,我只知道,我不能再由懒惰所支配了,为良心,为责任。

为开心加油

昨天早餐时,三岁的张小宝显示出一副很不高兴的样子。我赶紧拉他过来说:"小宝你怎么了?让我们一起为开心加油,好吗?"说完,我用平常常用的撂肢窝的办法去逗他,他马上笑开了。接着,我说:"小宝,我们今天的口号就定为'为开心加油',好吗?"小宝马上同意:"好。"这样一整天,一旦小宝情绪低落时,我就会问:"小宝,我们今天的口号是什么了?"他总是自豪地说:"为开心加油!"情绪马上转为活跃了。

我记得,我当年对自己的小孩,也无意中使用了"为开心加油"这个办法。每天早上把孩子从香梦中唤醒,对许多家长而言,都是很困难的事。我的做法是,选择让孩子赶紧开心起来的办法,让他赶紧起来。如,告诉他今天穿的衣服非常好看,他自己喂养的小动物已经起床,老师今天即将讲好听的故事,等等。孩子的情绪往往很快就高兴起来。上学前再加一把油,孩子就更开心了,就更乐意上学了。

其实,不但是小孩,即使是大人,也可以用"为开心加油"这句话提醒自己,无论如何,我们都要乐观面对。当然,对待别人,更应该"为开心加油",以增加生活的情趣。

为开心加油,实际上是时刻提醒自己,对人对事都要乐观一些。相信"人之初,性本善"是真理,即相信每一个人都是善良的,这是我们乐于与其交往的前提,也是我们相互取得信任的前提。虽然,我们身边确有奸邪之辈,我们善良的付出也可能收不到善良的回报,但我们要坚信,以怨报德的人最终伤害的是他们自己。

我曾读到过一句很有价值的话,"遇人减岁,遇货加钱"。这句话的意思是夸别人时,要夸别人年轻,有精神,明知别人的岁数已较大了,却不能如实说,而要往更年轻的岁数说,这样受夸的人更高兴。而夸别人的衣服,要往高大上的方向夸。以前有一女同事,喜欢在同事前夸耀自己的新衣服,另一同事看不惯,经常打击她,甚至说过"你穿的和地摊货差不多"这样的话。结果,两人结怨越来越深,最终不得不申请离开。这就是不懂"为开心加油"的经典例子。

在生活中,确有部分人,看不惯别人自我夸耀,经常把别人曾经的不足当面指出来,极力把别人从开心的心境中拉出,结果是,既损人,又不利己。这样的人,几乎是没有朋友的。所以,"为开心加油"是结交朋友的良策。

对事就更应该乐观,因为很多与我们相关联的事情,都与我们的心境相关。我们乐观,事情发展就顺溜一些,我们悲观,事情就有可能砸锅。我们经常讲"机缘","机"指条件,"缘"指合适的时间,合起来,就是说,成熟的条件与合适的时间相结合,机缘就出现了。而机缘能否出现,是和我们的乐观期待分不开的。所以,"为开心加油"也是成就事业的良策。

平静则安

又到平安夜,不由思考,如何才能平安?

平安夜是西方圣诞节重要的组成部分,是圣诞节前夜。这一天主要是做三件事,一是摆设圣诞树,二是亲人聚在一起通宵达旦娱乐,三是长者偷偷地为孩子准备圣诞礼物。

从这三件事看,可以看出圣诞节的特色:一是世俗化,这是人间节日,与鬼神无关,这代表了西方对人自身的尊重。二是审美化,这是装扮生活的节日,是展现审美观念的节日。三是情感化,西方人历来尊重家庭成员独立创业的意愿,因此,中国人曾长期误解西方人淡于亲情,其实不然,平安夜的家庭聚会是他们重感情的重要表现。四是游戏化，唱圣诞诗，为孩子准备礼物，都具有自由游戏的特点，也因这一点，真正体现了"日常生活审美化"或"审美生活日常化"的节日特色。

如何才算平安？从西方人的活动内容及形式中可以看出他们对平安的理解：个人自由，家庭和谐，人人友爱。

如何才能平安？康德的一句名言也许可以作为注脚："有两样东西，我思索的回数越多，时间愈久，它们充溢我以愈见刻刻常新、刻刻常增的惊异和严肃之感，那便是我头上灿烂的星空和内心的道德准则。"

也就是说，在精神层面敬畏宇宙，在世俗层面敬畏道德律令，即能平安。

心有所畏，易去浮躁，易趋平静，平静则安。

祝所有好友平安幸福！

羊年吉祥

骏马奔腾去，吉羊献瑞来。

我喜欢骏马的雄姿，我更喜欢吉羊的娇柔。

回首马年，我相当欣慰。我先后出访马来西亚、印尼、韩国，还先后在北京、武汉、常德、桂林等地参加各种培训。出国访问，让我了解了我们邻国的发展态势及其文明的发展程度。接受培训，让我的知识结构及时得到更新和调整。我们的邻国，环境优美，旅业发达，其国民受宗教影响颇深，自信满满，举止彬彬有礼，让人情不自禁生出敬意。参加培训，得以目睹知名学者的风采，得以领略学术前沿的新信息，让人自然产生继续探索的动力。

这一年，我完成论文5篇，发表了4篇，其中，中文核心期刊2篇。虽然数量不多，但仍足以自豪，因为通过写论文，似乎可以减缓老年痴呆症的速度。近几年，老是出现执笔忘字的事情，如果不写论文，估计出现这种现象的频率还要高好几倍。

这一年，父母身体似乎比往年好，父亲精神焕发，母亲行动敏捷，说话中气十足，并且，母亲能够经常去庙宇做祷告，做善事。这也许是我经常陪他们的缘故。早几年，经常以工作忙为借口，很少陪伴他们。有时回家，也是匆匆而去，匆匆而回，很少陪他们吃饭，更谈不上和他们聊天了。这一年父母安康，让我觉得，要想父母好，必须常问候。

这一年，我的管理理念收到初步成效。我期待把文学与传媒学院打造成为"学生自信、家长放心、教师乐业、社会认可"的学院，为此，我积极推进"四支队伍"（文学创作队伍、新闻写作队伍、文秘公关队伍、广告策划队伍）的建设。目前，除了广告策划队伍动作稍缓以外，其他三支队伍建设效果明显。

羊年，是吉祥之年，"羊大为美"是一种现象的描绘，也是一种人生理想。有羊相伴，人生好样！

我诚挚地祝福各位好友元旦快乐！羊年吉祥！

再不敢说不吉祥的话

早就在书中领略了文人说错话的恶果：柏拉图说最好是被天上掉下的东西砸死，结果有一天他被空中掉下的乌龟砸中脑袋死了（这是柏拉图之死的一个传说，有一个老鹰叼着乌龟掠过天空，乌龟挣脱后刚好掉在柏拉图的头上）；雪莱说最好死在大海的怀抱里，结果是在一次游泳中溺水身亡；徐志摩因为陆小曼飞得厌倦了就说最好死在空难中，结果也应验了。这几个经典故事似乎说明，上帝是时刻关注尘世中的人情冷暖的，它似乎要尽量满足尘世俗人的要求，因此，这几个故事实际也告诉我们，最好不要说不利于自己的话，以免上帝误听造成恶果。

最近又听到一个故事，说是有一个冒险家因为风雪原因迷路了，饥寒交迫中陷入迷糊状态,这时仿佛有一个声音传来,说"你可以提一个愿望,我可以帮助你"。冒险家断断续续地说:"我……要……老……婆……"就在这时,一个美若天仙的女子飘然而至,没想到,冒险家最后吐出的一个字是"饼",原来,他要的是老婆饼,并非老婆。但是,上帝耳灵而误听,以为他要老婆,结果他被饿死了。

我在填写教授申报材料时因为劳累就说,评上教授后要好好睡上几天。这话真不该说。12月27日中午有内部消息传出我在学科组中全票通过,这意味着申报成功了。我很高兴,当天晚上带着病体去球馆打气排球,结果因为责任心太强,本能反应般去扑救一个根本无法救的球,结果把腰给扭伤了。这两天,每次翻身都是一种撕心裂肺般的疼痛。上帝以这种残酷的方式让我躺了整整两天,这显然也是误听了我的话。

所以,我们真的不该说对自己不利的话,以免受到惩罚。

凭祥猎物

用"众里寻她千百度,蓦然回首,那人却在,灯火阑珊处"来描写我在凭祥的红木市场看到画案时的感受是非常恰当的。

很久以前,我就有买一个画案的想法,但由于以前住的房子太窄,一直不敢贸然购买。每次去家具店,都要在画案前驻足良久。有一次在文化市场,看到一个格木的画案,紫檀般的颜色,桐油般的清香,直使我的心酥透一般。可一想到家里无处摆放,只有悻悻离去。离开时是一步一回头,满心是离愁!

我知道,画案于我,极可能只是一种摆设,因为我虽喜书画,但由于天性愚钝且懒惰,加上缺乏严格的训练,因此,几乎不懂书画技法,但作为一个"知识分子",对书画艺术正如司马迁对孔子,"高山仰止,景行行之,虽不能至,心向往之"。故乡文化气息很浓,读书、耕田是乡亲最恒久的事业。家父曾撰联教育我,"笔耕砚田多雅趣,墨绘书山寄闲情",他希望我在书山墨海中培养正当的爱好。可惜，我至今尚未入道。不过，我一直具有的"独善其身"的情结，常使我寝食难安！

　　2月3日，我陪导师至凭祥讲学，有机会走进被誉为"中国第一红木城"的凭祥红木市场。市场规模之大，家具制作之精，价格之昂贵，都出乎我的意料。我盘桓半日，陶醉于家具的浓香之中，羞愧于钱少之中，既喜于与商家周旋，又羞于向商家还价。动辄几十万的家具，哪是一般人家消费的东西？

　　就在我几乎要绝望逃逸之时，忽然看见一长方形画案。形状舒展有方，木质光滑透亮，香味清新淡雅。一问价，9000元，我暗喜。但在商家面前，我强忍喜不释手的心情，故意挑剔该画案的种种不足，然后以差不多是半价的价格还之。商家大惊，说不可能。我则采取"欲擒之，故纵之"的策略，让商家觉得我对该商品的态度是既可以要，也可以不要。然后，我抛了一个心理底价给老板，再采取"三十六计，走为上计"的策略。老板见我转身就走，急忙喊我回来商量，我一看这情势，就知道我的还价策略奏效了。但我不急，回头对老板说，你先考虑清楚，回头我再找你。

　　我再往前看其他家具时，发觉所有的家具都失去了魅力，心思全放在那一画案上了。不到二十分钟，我重回到画案前，老板和颜悦色地说："看在你像一个知识分子的面上，就按你的报价卖给你吧。"一听这话，我大喜，连忙拿出银行卡交给老板。那动作，仿佛怕老板反悔似的，猴急。

　　两天后，我收到了画案，四位同事帮我费尽九牛二虎之力，终于把它放好。我久久凝视着这心仪已久的猎物，心中只有一个字："值"。

听"美国文化何以强大"的感受

　　本院"人文讲坛"第三十讲"美国电影何以强大？"迎来了两位重量级的嘉宾，一位是本次讲座的主讲人、厦门大学人文学院副院长、博士生导师、厦门大学通识中心副主任李晓红教授；另一位是本校校长贺祖斌教授，这是人文讲坛开办以来首次有校领导来听讲座。

本次讲座的亮点起码有五个：一是李教授的讲座用了很多非常有视觉冲击力的图片阐释美国文化的特征；二是以生动的例子阐释了美国几个主要城市的不同文化特征：洛杉矶的"欢乐文化"，拉斯维加斯的"秀文化"，纽约的歌剧文化，华盛顿的博物馆文化，波士顿的古典文化；三是很好地阐释了美国电影强大的原因：重视文化积累（以宏大的胸怀吸收异域的优秀文化）和创新；尊重历史而不拘泥于历史；重视培养艺术人才；四是有作家婉琦和往届毕业的学生海燕同学来听讲座；五是互动环节时两位同学提的 3 个问题都很有水平（一是古典文化与现代文化的交融是如何完成的？二是中国如何整合各个民族的优秀文化以提高电影水平？三是中国电影应侧重于哪个方向发展？）

我在评点时，用了非常蹩脚的诗句概括了李教授的讲座。

所有的奥秘，
在华美的画面中次第打开；
所有的历史，
都得到尊重，
所有的艺术，
都有其地位，
所有的公民，
都是演员，
所有的创意，
都得到形象的阐释。
美国，
你用厚实的文化，
夯实了电影世界的基石，
你用火热的激情，
点亮了电影的天空。
果断地继承，
让你的文化之脉气荡回肠，

散文篇

执着的创新，

让你的传统充满活力。

你的辉煌告诉我们，

没有文化，

就没有艺术，

没有艺术，

就没有希望。

最后我希望同学们做到三点：一是做有心人，用心观察，用心收藏，用心思考；二是多关心"无用"之学，重视积累；三是做敢于表现自我的人。

（说明：我之所以在凌晨还写这篇短文，一是表示对李教授的敬意，二是让同学们在回味本次讲座内容时得到启发。）

大师品性

近几年，因为人文讲坛，我有缘分结识了很多大师级的学者。今日细细回忆和他们的交往，我发现，凡是大师，均具有如下特点：

不计较。由于各种条件所限，我们的课酬很低，每次我颤抖着把课酬交给他们时，大师都会百般推辞后才收下。他们说得最多的是，"我们享受的是与学生在一起的幸福时光"。

不怕苦。玉林远离中心城市，交通严重不便，大师都不惧舟车之苦，总会在约定的时间按时到达。

不摆谱。一切听从我们的安排，从不因为我们偶尔的失误而生气。

不张扬。从不会因为自己在学术上的突出成就而夸耀自己，更不因为自己的洞见而贬低他人。

有敬仰。无论他们在学术上取得多大的成就，在他们的心中总有其敬仰的大师。"高山仰止，景行行止，虽不能至，心神往之"，是激励他们前行的座右铭。

不断线。即使是一面之交，大师也会牵挂我们，每每在我们需要帮助的时候伸出热情的双手支援我们。

这就是大师的品格。他们的名字已深深烙进我的心灵深处，每每想起他们，我都深受感动——为他们高贵的品行！也心存愧疚——为自己的不周，为自己的懒惰，为自己的浅陋！

我们靠什么立足

最近，在一位很有名望的网络名人的微信里读到这么一句话："一个人在社会上混，15%靠专业，85%靠关系。"我认为，这句话只能算是局部真理。理由是：

第一，你要靠关系办事，你必须要有实力，否则，你根本不可能进行入任何一个关系圈。贫居闹市无人问，富在深山有远亲，这是事实。

第二，在社会上，愿意为你办事的人，敬重的往往是你所坐的位置，你所拥有的权力和资源。

第三，能靠"关系"得到提拔的，关键有两个因素，一是素质，二是机遇。素质主要就是你的专业素养，专业能力，以及你所具备的情商。机遇就是你的素质被"伯乐"发现和认可的机会。有素质，没有机遇，你只能憋屈在看似闲情逸致的时光隧道里，有机遇，没有素质，你就只能"望机兴叹"了。

第四，"关系"涉及的权、势、钱、色，终有一天会衰落，关系衰落之日，就是个人败落之时。《亮剑》里有一句经典台词："没有永恒的朋友，也没有永远的敌人，只有永恒的利益"，这也是真理。

第五，在法制日臻完善的法治国家里，"关系"将被关进制度的笼子里。

所以，每一个正处在学习阶段的学生，千万不要被那些心灵鸡汤所忽悠，静下心来，好好地阅读，好好地思考，不断地发展自己，完善自我，夯实基础，累积能量。宝剑锋从磨砺出，梅花香自苦寒来，这是绝对真理。

写字安神

理想的生活：无聊则写字，有闲即读书。

据说：读书养志；体会：写字安神。

读书养志是很多伟大人物的经验总结，写字安神则是我自己的体会。这一年多来，每当我觉得百无聊赖的时候，我就磨墨、展纸、写字，字虽然没有进步，却慢慢有了兴趣。最重要的是，我找到了平静心情的方式。在写字状态中，荣辱皆忘，波澜不惊，时间在翰墨中悄然而过。真的是，无情岁月增中减，有味诗书翰墨藏。

猫和老鼠的博弈

老鼠听说猫的粮食很好吃，就决定去偷吃。

刚爬上竹竿，就被猫发现了，老鼠一惊，"嗖"一下子就窜至竹梢处。它想，先吃饱再溜！

一下口，老鼠才发现，竹叶又硬又臭青，实在是无法下咽，它非常后悔听了别人的话。最要命的是，后路已经被猫断绝了！

猫看着竹梢上的老鼠，心里非常激动：吃素多天，今天终于可以开开荤了。

老鼠挑衅：你这个死猫，有本事你上来抓我呀！

老鼠想，把猫骗上来，自己就有机会溜了。

猫：你这个死老鼠，有种你跳下来嘛！

猫猜透了老鼠的心思，我才不上你的当呢！

于是，老鼠在枝头站成了化石，猫在竹根也蹲成了化石。

猫与老鼠的博弈告诉我们，第一，非分之想是悲剧根源。第二，砸别人的碗往往意味着砸了自己的锅。第三，给别人生路，就是给自己活路。

大红虾子的悔悟

虾子曾长期羡慕别人过着大红大紫的生活。这样的心思被人看出来了，某天，有人对它说，"虾子，我可以炊红你，你愿意吗？"对这个突然而至的机会，虾子欣喜若狂，毫不犹豫地说："我愿意。"于是，悲剧发生了。临死前，虾子才醒悟，对自己而言，大红的日子，就是不可逆转的悲剧的开始。

虾子悲剧的启示：听话，要多一个心眼，说炊红和吹红，是不一样的。另外，并不是所有的人都适合大红大紫的生活！

中药药方的奥妙

前些年，我两次被肾结石的疼痛折磨得死去活来。第一次发作于2003年，当时自己相信身体很好,好到不愿意去参加学校组织的体检,但就在规定时间结束的第二天,肾结石的疼痛就不约而至。那个疼啊,真的是坐也不是,站也不是,躺也不是。第二次发作于五年之后的2008年,疼痛依旧,并且,去医院滴药水,连续三瓶,疼痛不减,什么是切肤之痛,什么是求天天不应,喊地地不灵,两次肾结石,就让我彻底领悟了。

幸运的是,我的父亲回天有术。在医院,滴药水只不过是暂时止痛,甚至止痛都不见效。要清除结石,还得靠神奇的中医。前后两次,都是我父亲给我开的方子,并且,都是五副药后去检查,结石就不见了。第一次我不在意,因为父亲身体还很好,我心里想,只要父亲在,我就不用害怕。但第二次,我感觉到父亲的身体已经和几年前大不一样了,我不得不关心药单来。我发现,有的药很重,有的药很少,我不禁好奇地问父亲,用药的多少依据的原则是什么呢?

父亲说,中药方单很讲究科学的搭配,用药的多少根据病情和药性来决定,医生会依据"君臣佐使"的原则来安排药量。君是主药,臣是辅药,佐是次辅药,使是引药。主药直击病灶,分量最多,其他药必须配合主药,才能药到病除。

我似懂非懂地连连点头。后来,我专门问了度娘和狗哥,才知道君臣佐使的全部含义,并慢慢地悟出了君臣佐使的奥妙。

我觉得,君臣佐使不仅仅是中药方单中有意义,它还适合任何地方任何事情。比如,早几年,我在办公室工作,经常要接待嘉宾,点菜,几乎是每天都要解决的问题。按照君臣佐使的原则,我总是根据嘉宾的情况确定主菜是什么,然后再点其他菜,问题就很容易解决了。在工作中,每天、每月、每学期、每年都有很多工作,哪些是最主要的(君),哪些是次要的(臣佐使),先排列,然后按轻重缓急的方法来解决,问题就简单了。在单位里,领导层也有君臣佐使的存在,核心价值往往取决于君,执行君的指示,应该不会错到哪里去,即使错了,也是君的责任。人生在不同的阶段,应该做的工作也可以按君臣佐使的方法来安排,就可能做到事半功倍。

中医,博大精深,从君臣佐使的用药原则可见一斑。

享受写作

如果把阅读看成是磨剑，写作无疑可以看成是亮剑。阅读，是知识的积累和体验，相当于磨剑。写作，是把自己的体验用形象的方式予以传达，是亮剑。

磨剑是一个长期过程，它起步于牙牙学语阶段，成熟于青少年时期。在这个阶段，我们或者有意、或者无意地学习、模仿、构建各种形象，心中会经常被各种典型形象、典型情感所陶醉、所征服，许多人往往在这个阶段流连忘返。

亮剑是在磨剑基础上的厚积薄发，他们或因为情感积累、或因经验积累日益丰厚而如火山迸发，有的甚至一发不可收拾，从此走上专业创作的道路。

亮剑是一种享受。早几年，风靡大江南北的电视剧《亮剑》中塑造的英雄李云龙团长在一次军事动员会上说："同志们，我先来解释一下什么叫亮剑。古代剑客们在与对手狭路相逢时，无论对手有多么强大，就算对方是剑客，明知不敌，也要亮出自己的宝剑，即使倒在对手的剑下，也虽败犹荣，这就亮剑精神。"剑客亮剑是确证自我，享受剑术的光荣时刻。

写作的享受与亮剑的享受有相同的一面，那就是明知创作是一条充满挑战的道路，他们仍然一路高歌，"只管耕耘，不问收获"，他们享受的是形象表达的快乐。

享受写作还有着比享受亮剑更加细腻的一面。在写作过程中，很多人或者因为形象塑造既超越了别人，也超越了自己而陶醉，或因为思想深刻、独特而陶醉，有的作家，甚至是因为找到了别人未曾使用过的表达方式而陶醉。所以，享受写作，实际上是享受自己的思想和表达方式的独特性。

很多人在写作前，对自己的写作潜力毫无察觉，真正写作时才发现，无论是自己的感受，或者是自己评判社会的能力，还是自己的语言表述方式，都有着极其独特的方式,这些独特的方式,正是作家在文坛上立足的资本。

大学时代,是一个人成长道路上的黄金时代,磨剑,有着非常丰富的资源;亮剑,有着很多自由的时间和空间。只要你愿意用心透视自己的心灵,用心构造属于自己的形象世界,那么,你就有可能进入享受写作的美妙境界。

作为文学与传媒学院的学生,毕业出去,很少有人会问你,你学过什么样的文学理论或写作理论,但常常有人会问你,你擅长写作吗?在这个时候,我多么希望我们所有的同学都能自豪地说:"对我来说,写作,是一种享受!"

如果是那样,我们就无愧于自己的专业了。

打通自己的气脉

近十年来,我一直与腰伤较劲。其间,有很多朋友给我支招,我都一一尝试了,但最有效的办法是打坐。给我介绍这个方法的朋友说,打坐能打通气脉,气脉一通,就不痛了。

事实的确如此,如果我坚持每天打坐 30 分钟左右,当天的疼痛就明显缓解,如果连续打坐超过 10 天,疼痛感就基本消失。

但我做不到坚持。我往往是有很明显的痛感时才打坐。这样,每次都有一个适应期,膝盖和脚踝处都是疼痛敏感的部位。如果隔了一段时间再打坐,那个疼啊,很考验人的意志。

我也服过不少的药,中药、西药、凉药、补药,药药见效,但都无法根除。唯有打坐,效果最好。

正是在反反复复的抗争中,我彻悟了中医所说的"不通则痛"的内涵,气脉通,气血通,身体机能才能正常运转,人的精神才能达到最佳的状态。

其实,人生也是如此,如果我们在某个领域达到了"通"的境界,我们就拥有足够的生存、发展的空间。要达到这个境界,也必须忍受得了未通时的孤独、寂寞、痛苦,咬牙坚持,即使疼痛不堪忍受,也要做到不放弃、不抛弃，这样，才能"通"，通了，人生应该会是另外的模样。

有人曾说，人生中"人脉"很重要，在我看来，人脉正如那些"药"一样，也许，它可以缓解，但绝对无法从根本上解决问题。另外，如果自己的"气脉"不通，没有谁能帮你一辈子。

删减的智慧

十年前，我姐姐在花盆里种了两棵罗汉松，由于树木珍贵，她一直舍不得修剪。枝杈从离根部大约20厘米的开始，一层一层地往上长。观之，仿佛一座小小的翠绿的佛塔，甚是好看。

两个月前，姐姐把这两棵珍贵的树送给我，因为花盆的狭小空间明显不满足树的生长要求了，于是，我把它们种在老家的宅院里了。

两个月来，我一直担心这两棵小树，毕竟，我是在不宜栽树的季节移植它们的。"心存善意，天必佑之"再一次得到验证，小树，在我的虔诚祈祷中，成活了。

今天上午，我回去看它们，看着它们迎着阳光生长的样子，我心里相当高兴，左看右看，总是觉得看不够。端详良久，忽然发现，它们竟然有瑕疵：最底层的枝杈严重地影响了它们的形象，矮锉锉的，失却树该有的挺拔之美。于是，我决定给它们整容——剪枝。拿着花剪走近它们，我却犹豫了，那些枝杈，脆皮嫩肉的，在脆生生的阳光映照下显得更加娇嫩，它们都是树的娃娃啊！难道，为了个人自私的审美，我就要伤害它们吗？

我不得不电话咨询了一位植物学家。我关心的是三个问题，一是否可以在这个季节剪枝；二是剪枝后是否需要包扎；三是剪枝后是否影响树的生长。他说：可以剪，也不需要包扎，剪枝后，当然有一个恢复期，恢复后会生长得更快。

我终于狠着心下剪了。剪完后，我发现有一处伤痕较大，心很疼，感觉就像剪了自己的手指一样疼。我赶紧找了一块湿黄泥把伤口裹上，并在心中祈求小树的原谅。然后，我站在 2 米开外的地方审视这两棵小树，感觉它们好像高不少，并且有了玉树临风的模样，我不安的心才慢慢平静下来。

  我忽然悟出眼前这两棵小树生长缓慢的原因了。十年来，我姐姐都舍不得修剪它们，因为名贵，所以不忍心，姐姐心疼它们的每一片叶子，浇灌时还经常用水清洗它们。枝繁叶茂的外表掩盖了生长速度的缺陷。

  我又突然回忆自己写博士论文那段时间的情景了。当时，为了按时完成任务，我几乎一年时间没有去曾经令我入迷、令我激动、令我兴奋的篮球场，开始时，相当难过，毕竟，运动场的快乐远比枯燥的论文生活多得多。但是，当这种心无旁骛的生活成为习惯后，思路变得越来越清晰，效率也越来越高。我记得，速度最快时，一天可以写 8000 字左右。没有舍，就没有得，这话说得真好。

  年轻时，情绪化的爱好肯定很丰富，但个人精力毕竟有限，如何选择其中的一两个爱好，让这个爱好成为主业，似乎是我们必须考虑的事情。忍痛割爱，痛，也许是剧烈的，但肯定也是短暂的，因为，这些痛，一定会被迅速发展的快乐所超越！

  剪除影响生长的枝杈，才有可能快速成长，也许是我们应该记住的。因为，如果没有"删繁就简三秋树"的智慧，就没有"领异标新二月花"的美丽！

愿作父亲的一个卒子

  近几天，我连续和父亲下了几盘棋，不经意间，竟悟到了父亲的人生价值观。

  我总是让父亲执黑先行，他总是走典型防守型的中象布局。一开始，我认为这只不过是父亲年纪大了的缘故，虽然父亲才 80 多岁，但毕竟是老人了，下棋保守一点，这很正常。

一连几局这样的布局后,我忍不住问父亲,您为什么总是中象布局,父亲慢条斯理地说,"走中象,上可以保帅,下可以护兵,这是最合理的走法。"

这让习惯于中炮开局的我很快就发现父亲的良苦用心。因为他第二步必走马,这样中卒及其左右两个卒都有了保护的力量。

随着战局的进一步开展,我又发现,中象布局把老将防护得密不透风,我要杀进去,往往落得个丢盔弃甲的下场。

我不禁用"忠君爱子"这句话来评价父亲的价值观。联想到父亲一生的经历,我觉得,父亲一生都用这个价值观来处事待人。

父亲于1959年毕业于玉林师范学校,在当时,算得上是高级知识分子了。毕业后,服从组织的命令,辗转于玉林多家乡村小学。1964年,政府号召知识分子回乡搞"四清"运动,父亲毫不犹豫就服从了,一直到粉碎"四人帮"后才再次复出教书。在农村务农的日子里,父亲为了解决我们一家人无钱治病的困难,就自学了中医。我记得,我小时候患了严重的痢疾,久不能愈,父亲翻遍了《本草纲目》和《医宗金鉴》,最终靠一个单方治好了我的顽疾。这个胜利,一下子把他学医的热情涨到极致,他开始系统研究《黄帝内经》等经典医书,遍找草药尝试。为了证明自己的学医水平,父亲于1986年考取了行医执照。1987年,父亲再次离开学校自己投资开了一个诊所,他的愿望也很简单,方便家人,方便乡邻。他撰写了一副对联挂在诊所中,"但求世上人无病,何惧柜中药生尘。"也许是这样淡于挣钱的经营理念,父亲惨淡经营了十年,挣到的是众多病友的赞叹,而不是钱。但他很满足,甚至,很骄傲。因为到今天,即使他离开诊所后近20年,仍然有人惦记着他,逢年过节仍然不忘记给他一些特产。

父亲对我们兄弟姐妹的爱护就更不用说了。即使在知识分子及知识受到严重打击的特殊时期,父亲仍然教育我们,知识是人生中最重要的工具,他经常说的一句话是"拥有万贯家财,不如薄艺在身",他相信,知识分子总有翻身的一天,知识终究有用武之地。于是,不管家里多么困难,他都没有让我们过早地离开课堂、离开学校。我记得有一次,因为与同学打架,老师处理似乎不公,我骂了老师,父亲知道后,竟然把我绑在窗台上狠狠地揍了一顿。那真的是一顿恶打哦,我后来一连几天都在噩梦中痛哭。那一顿打,一方面让我颜面尽失,另一方面,却让我知道老师在父亲心中的位置是如此神圣而不可侵犯！我也知道了父亲爱我是爱得如此的出格——宁愿打残我的身体，也不愿我的精神有残疾！

也许是这一次刻骨铭心的暴打，让我从此变得遵规守矩，也从此对知识分子、对知识多了几分难以名状的敬畏。也许是这样的敬畏，让我后来奋发图强，最终在极端恶劣的学习条件和环境中考上了大学！

我的弟弟自小顽劣，读书是他最不愿意做的事情，但父亲最终还是说服他，拼命供他去了卫校读书。现在，我弟弟竟然成为享誉十里的良医，受到村民的普遍尊敬和尊重。

回顾父亲的经历，我终于明白，父亲为什么喜欢走中象局了。我也在明白之后默默地说："父亲，我甘愿作您手中的一个卒子。"

守望

今天，一个人在宾馆，听着窗外呼呼的冷风声，又不禁牵挂父亲了。

早几天的玉林，阴雨连绵，很冷。

我刚下班回到家，就接到父亲的电话。电话一接通，父亲就说："你吃饭了没有？等一会给我买一条烟过来。"我刚说"好"，电话就挂了。

父亲很少直接向我提出要求的，近几年来，我给他买烟的次数多了，他才渐渐地有了让我买烟的想法。我的回应也越来越干脆，因为我知道，不到万不得已，父亲是不轻易开口的。父亲的万不得已，一般是烟瘾发作而自己又不方便出去买烟。在我的印象中，他几乎没有让我母亲给他买过烟，我也从来没有问过他为什么。也许，他觉得，让母亲去买烟，是让母亲丢脸的事情。他也从来不让陪他在一起生活的弟弟买烟，因为我弟弟反对他抽烟的态度最鲜明、最强烈。

父亲嗜烟，我们兄弟姐妹都曾经强烈地建议过他戒掉，甚至是激烈地抗议过。特别是在他剧烈咳嗽的时候，我们的抗议总是义正辞严。但他从没有把我们的建议或抗议当回事,他也从没有充分地为自己的嗜烟辩解过。我们都很难理解,父亲为什么一天要一包以上的烟才能解瘾。

草草吃完饭,我就开车出去买烟了。我刚停好车,妈妈就走过来说:"你爸爸刚给你打完电话,就出去大门口等你了,等了差不多一个小时,我刚劝他回来呢。"我赶紧把烟拿出给父亲。他一接过,也毫无矜持地赶紧打开、点烟。一看这神态,我就知道他的烟瘾早已经发作。我有点责怪他说:"这么冷,又这么远(其实也就300米左右,只是父亲行动不便,对他,已经是很远的距离了),你都出去,万一我没空过来呢?"父亲轻轻地回答我说:"我相信你一定会来。"

我突然觉得,一向刚强的父亲是如此地需要我,又是如此地信任我。近十年来,我身体的毛病不断,总是父亲为我把脉诊断开单抓药的。能为我看病,他也很骄傲。开单完毕,他经常说的一句话是:"别看爸爸老了,还是有用的。"我听着这句话,也很受用。有父亲的呵护,我总觉得自己还年轻。

岁月无情,艰难的岁月给父亲的身体造成的伤害越来越明显,他走路越来越不方便了。我很后悔没有及时把烟送过来,让父亲冒着寒风细雨蹒跚着出去等我。

也许是父亲看出了我的悔意,他又补充说:"我从来没有对你失望过,当年的高考那么难,我都相信你能考上。"

这句话,又让我突然明白,为什么父亲能经受住那些艰难岁月的各种磨难和打击了。父亲12岁那年,爷爷就因病去世,靠着叔叔不时的接济和政府的资助,父亲读到了玉林师范学校毕业。按当时的环境和父亲的学历,他本该过上比较上好的生活,但父亲响应国家的号召回乡务农了。手无缚鸡之力的父亲在农村自然是弱者了。他开过拖拉机,做过木工,做过泥水匠,但不管父亲如何努力,都无法改变家庭的贫困。也就是在那种环境中,父亲还是坚信,有知识、有文化,总会有出息的一天。于是,他如一个时代的守望者一样,带着我们,捧着书本,痴痴地盼着时代的变化。他一方面自学中医,一方面督促我们的学习。他以自己的榜样让我们也学会了守望——对知识的守望,对未来的守望。

是守望,让父亲有足够的信心度过了那一段黑暗的岁月;是守望,让父亲始终对我们兄弟姐妹充满信心;是守望,让我们贫困的日子始终充满希望。

现在，父亲老了，但他习惯的守望依然如初。不过，他守望的内容已经变得越来越具体：一包烟，一杯茶，一个电话，以及儿女经常的探望。

我，能让父亲的守望落空吗？

挑战的价值

昨天晚上，我们一家人去看了一部很震撼的 3D 电影——《云中行走》。这是根据菲利浦·帕特的自传改编的电影，导演是罗伯特·泽米吉斯。

影片形象地再现了菲利普胜利挑战美国世贸大厦的过程——1974 年 8 月 7 日，菲利普在 400 多米的高空架设的铁索上，共 8 次来回穿越双子大厦。

影片值得圈点的地方很多，值得反思的地方也很多。最值得反思的是：这件事有什么意义？

导演罗伯特曾回应说："有些事，没有为什么。"也就是说，像高空走钢索这类冒险的事，我们没有必要追问为什么要做！

这也许是中西方长期以来在价值观方面的一个重要的差异：中国多数以直接的功利来评价某种行为，西方则往往是重视行为本身。

这种差异的结果是：中国放弃了很多看似没有价值的探索，而西方，几乎在所有的领域都孜孜不倦地探索着，虽然很多探索没有直接的效果，但某种程度上促使西方最早引爆了"知识革命"，从而进入了"知识经济"时代。

当然，中国也有过郑和下西洋的壮举，但却是只有"前赴"，没有"后继"，以至于中国航海业长期落后于西方。假如我们从郑和下西洋开始，一直不断地探索，我们有理由相信，航空母舰早就在中国生产了。

早些年，北京大学的"山鹰"登山队，曾经给国人带来过兴奋和期待，但由于一次失败的壮举，山鹰再次折翅于传统观念的质疑中："登山有什么用？"

是的，登山的确没有什么用，又不能带来直接的经济效益！但是，我们想过没有，为了要登山，我们必须想尽一切办法解决设备方面的问题，改善身体方面的问题,解决心理方面的问题,解决环境保护方面的问题……

有一个小故事,也许能为我们解决这些问题提供一个思考的方向。有一个人,某天很幸运地捡到一条牛绳。他想,有了牛绳,就必须有牛!于是,他发奋图强,终于买了牛。有了牛,必须有土地,于是,再发奋,终于,又买了土地。有了土地,必须成家,于是,娶妻……一连串的成果皆因一根简单的牛绳而起!

人类的伟大之处,就在于不断探索未知的领域。菲利普说:"生活就应该走在危险的边缘,你必须反抗,不循规蹈矩,永不止步。你的每一个想法,都是一个挑战,你要去实践它们。"

这句话,很明白地告诉我们探险的价值:没有挑战,就无法实现梦想。

有梦的冬天不会冷

楼下,摆放着邻居种植的几盆茶花。也许是主人懒于打理,也许是近期持续的低温,早已成型的花蕾一直没有盛开。我天天早晨都要观察花蕾的形状变化,天天都期盼着其绽放的美丽,可是它迟迟不盛开。就在我认为它可能因冰冻而失去绽放机会的时候,今天早上,我终于看到了三朵凌寒怒放的茶花!另有两个花蕾也露出了孕育已久的艳丽!这几朵花,在料峭的寒风中尽情绽放,远远望去,恰如冬天里的给人温暖的火焰;就近细看,它雍容艳丽如牡丹,气质高雅胜莲花。

我终于明白,它绽放的梦想,不会因为寒冬而放弃。我也似乎听到了它们喜悦的声音:有梦的冬天不会冷!

我不禁想起早几天看到的一篇介绍被誉为"神童"的画家林曦,这位十二岁那年就在国外举办个人画展的天才画家,对外界的毁誉都非常淡定。她在一次演讲中谈到,一个人要取得成功,必须"设立一个比较难的目标",并朝着目标不断努力。当然,这个目标必须是自己喜欢的,因为目标是自己喜欢的，过程也必然是享受的。在追求过程中，虽然会有困难，有挫折，甚至还会遭遇误解，但，这又有什么关系呢？每天都朝着目标努力，每天都有进步，这不是很快乐的事情吗？

林曦的故事也告诉我，有梦的冬天不会冷，有梦的人生不寂寞。

"达则兼善天下，穷则独善其身"一直是中国文人的人生态度。然而，在现实中，前者很容易做到，后者却很不容易。因为，"独善其身"的"善"是什么？如何"善"，都需要自己认真的思考。但是，不管多难，历史长河里总不乏"独善其身"的典范，正如《史记》所言："文王拘而演周易，仲尼厄而作春秋。屈原放逐，乃赋离骚。左丘失明，厥有国语。孙子膑脚，兵法修列。不韦迁蜀，世传吕览。韩非囚秦，说难孤愤。"他们的人生，都经历了一般人无法理解、更无法忍受的"寒冬"，但他们没有因为"寒冬"而失去自我。他们默默忍受着"寒冬"的痛苦，默默在"寒冬"中修炼自己，完善自我，终于，凭着超人的意志、毅力，成为彪炳史册的巨星。

我们很多人，都普通如茶花，也许，无论如何努力，都无法拥有梅、兰、竹、菊的盛名，甚至也可能永远也无法享有牡丹、莲花"飞入寻常百姓家"的待遇，但是，如果，我们能以"独善其身"的态度勉励自己，用自己的目标、信心及良好的习惯温暖自己，不断修炼，不断超越，总有一天，也会长成一道独具特色的风景。退一步说，即使我们的目标一直无法实现，至少，我们能够克服对寒冬的恐惧。

雄鹰的理想

雄鹰的理想当然是自由翱翔在高高的蓝天。

而在实现"自由翱翔"之前，它必须克服恐惧。

母鹰对起飞前的雏鹰是毫无同情的，它会毫不犹豫地把雏鹰推出窝外，雏鹰在百般恐惧的同时张开翅膀，忽然发现，自己不愧是鹰的后代，鹰击长空真的是世袭的传奇。

遨游蓝天，仰观宇宙之大，游目骋怀，豪气冲天。俯瞰大地，俯察品类之盛，舒心赏目，信心爆棚。雏鹰很享受这样的高度。

有一天，雏鹰很奇怪地问妈妈："那些公鸡也长着漂亮的翅膀，它们为什么不和我们一起高飞呢？"

母鹰说："在我们的俗语里有这么一句话，鹰有时飞得比鸡低，但鸡永远达不到鹰的高度。为什么呢？因为它们从没有高飞的理想，所以，从不会尝试，慢慢地，就完全失去了飞的念头，更不用说高飞了。"

雏鹰似乎明白了，它再次伸颈亮翅，用劲蹬地，"嗖"的一声，就如离弦的箭，一下子就冲向了蓝天。

微尘心自知

早几天，我拿我那块戴了差不多 20 年的西铁城手表出去维护。当我告知修表师傅我的表已经戴了差不多 20 年的时候，他不由赞叹："你的表保养得那么好，20 年了，还像新的一样。"

我知道，他说的话有夸张的成分，但我也很高兴，他居然没有看出表面侧边被磨损的一点点瑕疵。回到家，我再次拿着手表细细端详，的确，如果不细看，是无法看出那一点点磨损的。

事实上，自从我不小心磕伤这块表以来，我心里一直很愧疚。每次戴上这块表的时候，都要在镜子前细细端详："这点磨损，影响美观吗？"然后故意采取选择性盲视的办法安慰自己，看不出，看不出！

愧疚的时间长了，我居然想到了用一句话来概括自己这种近乎病态的审视："微尘心自知。"

现在，这句话成了我的座右铭。

当自己懒惰的时候，是没有人看出来的，但自己的焦虑自己知道。

当自己想放弃某种曾经执着追求的目标时，是没有人看出来的，但自己的失望自己知道。

当有人求助于自己,自己出于某种顾虑而编造美丽的借口拒绝后,自己的冷漠是没有人看出来的,但自己的愧疚自己知道。

当自己由于盲目的积极做了不该做的事情,自己的后悔是没有人看出来的,但自己的悔恨自己知道。

当自己参加了不该参加有明显功利的应酬后,自己的虚荣是没有人看出来的,但自己的良心自己知道。

当自己接受了不该接受的礼物,自己的惶惑是没有人知道的,但自己的恐惧自己知道。

当自己嫉妒别人的成功时,自己内心的伤痛是没有人知道的,但自己病态的功名利禄的浮躁自己知道。

这些微小的尘粒轻飘飘地降落在自己的内心深处,没有任何人知道,但它们往往像搁在鞋底的沙粒,让自己不能舒坦地走路。

当我意识到必须杜绝类似的尘粒的时候,我开始采取积极的态度拒绝这些微尘的降临,并常常以歌德的话勉励自己,"十全十美是上帝的尺度,追求十全十美是人的尺度。"我们生活在一个灰尘四溢的世界里,当然无法拒绝微尘的产生,但可以做到拒绝灰尘染身。

最近几年,我越来越相信"人在做,天在看"这句逼近真理的话,这句话让我警醒,也让我从容,因为,这句话让我在内心深处构建了自己的良心底线和职业底线。

这又让我想起东汉名士杨震关于"四知"的故事了。

公元 108 年,杨震到东莱赴任太守时路过一个叫昌邑的地方。当地的县令王密曾经受过杨震的举荐,所以对他相当感激,一看老长官路过,就赶紧悄悄地去拜访他。他知道杨震为人正直,不喜欢张扬,所以就偷偷地带了十斤黄金,打算送给老长官。一呢,向老长官表达感恩之情;二呢,老长官官越当越大,希望老长官能对自己继续照应。结果杨震一开口,就来了一句:"故人知君,君不知故人,何也?"我是你的老朋友,老朋友是了解你的,你怎么不了解你的老朋友了,这是为什么呀?这就明摆着不高兴了:你应该了解我是很正直廉洁的,你拿着黄金来干吗?结果王密对老长官说:"暮夜无知者。"现在是半夜,没人知道啊。接下来杨震说了一句顶天立地的话:"天知、神知、我知、子知,何谓无知?"天知道、神知道、我知道、你知道,怎么叫没人知道啊?这就是非常有名的"四知"。

在这"四知"中,最关键的是"我知","我"是良心、是操守、是责任,是神圣不可亵渎的道德伦理。

诗歌篇

马上出发

如果你要看草原，
让那些风光旖旎的野花，
装饰你的旅途，
请你马上出发。

如果你要看大海，
让那些千姿百态的浪花，
装饰你的梦境，
请你马上出发。

如果你要邂逅白马王子，
让那些浪漫温馨的故事，
装饰你的人生，
请你马上出发。

世界真的精彩纷呈，
所有美梦都有可能，
关键只在于，
马上出发。

镇远印象[1]

深山里的石头，
或方正，或质朴，
或粗糙，或光亮，
主人的刻意经营，
让我们聚在一起。

我让你三分，
你让我一寸，
甚至，让我一尺，
我们都满心欢喜。

小城的美丽，
是我们互让出来的，
小城的名字，
也是我们互让，
凝成的荣光。

---

[1] 镇远给我最深刻的印象是石头，她简直就是一座由石头组合的城市，无论古今，石头都是主打的建筑材料。

雨后六靖

一场特大暴雨，
突然打破六靖的梦境，
凄厉的尖叫声，
撕破了天空黑色的帷幕，
暴雨恰如挂在悬崖边的瀑布，
倾盆而下。

街道瞬间成为汹涌的河流，
房子仿佛成为急流中的危舟，
平时热闹非凡的市场，
仿佛成了垃圾收容场。

惊慌失措的居民，
纷纷朝着政府大楼的方向云集，
他们一贯相信，
政府救灾的力量。

政府大楼上的鲜红国旗，
在暴风雨中猎猎作响，
门前的红灯笼，
点亮了一片天空。

政府大楼的坚固，
安抚了居民慌乱的情绪，

他们七嘴八舌的议论，
共同指向一个主题：
政府是我们永远的依靠。

肆虐了一夜的洪流，
在黎明之前仓皇溃退，
一轮红日踩着黎明的鼓点，
伴着赶早的居民，
如约而至。

再见，凤凰

虽然百看不厌，
虽然依依不舍，
我们还是，
不得不选择离开。

忘不了吊脚楼里，
温情脉脉的故事，
忘不了飘荡在沱江碧波上，
翠翠曾经唱过的动人心魄的歌谣。

忘不了香喷喷的竹筒饭和脆辣的血巴鸭，
忘不了爽脆而甜腻腻的姜糖，
忘不了余香留齿的擂茶，
更忘不了苗家妹子婉转动听的嗓音。

还有那一艘麻船，
它曾经承载着沈先生远航的梦想，
承载过翠翠和傩送的情和爱，
承载着苗寨全部的传奇。

眼前还是你迷离的模样，
耳边还是缠绵的何日君再来，
我不敢正面看你，
更不敢正面回应。

一场浪漫的邂逅，
一场刻骨铭心的表演，
我们怎能说走就走，
我们又怎能不约定再次相逢。

可是我们只能听命于，
命运的安排，
所以我只能给你一个敷衍的承诺，
大约在冬季，
大约在冬季。

悠然农庄话悠然

今天陪同事到西岸村的悠然农庄悠然了一把。

悠然农庄位于城北西岸村，接近寒山岭。其吸引人的地方是美食：鸡和鱼以及青菜都是环保型食物。这对长期吃激素农药食品的城里人来说，是最有吸引力的一面。另外，该农庄种有百亩左右的蟠桃，任挑任拣任摘，这对长期伏案工作的城里人来说,也是一种诱惑。

我们一行近50人去参观了农庄,自己亲手做饺子,烧烤,还组织了气排球比赛。轻松,活泼,欢笑,成了今天的关键词。

悠然农庄享悠然,凡俗事务暂靠边,
欢声笑语洒满地,众人皆言赛神仙。

骑行有感

连续跟随"两轮同游"骑行苏烟水库、小平山山林、六万大山、大容山、榕丽湖。深有感触,特撰打油诗一首,以表心情。

两轮驰骋山水间,同游快乐透心田;
车如赤兔逐飞燕,人似蛟龙赛蒙恬。

休闲时光

身有束缚非所愿,心无功名自悠闲。
芝麻往事俱忘却,且看白鹭游青天。

旅游如诗

我喜欢旅游,
我喜欢,

如画的山水，
如谜的风情，
如雾的历史。

但是，如果没有你陪伴，
山水仿佛没有灵性，
风情找不到谜底，
历史也失去意义，
陪你，才是我最好的旅游。

我是你最好的导游，
你是我最好的游客；
你侧耳倾听的专注，
是我诗意解说的灵感，
也是山水灵气呈现的理由。

陪着你，
再高的山，
也能成为足下的风景，
再远的路，
也能化为动感的音符。

旅游如诗，
你是诗的意蕴；
旅游如画，
你是画的意境。

而我，
就如一位故作深沉的诗人，
站在你的背后，

醉醉地欣赏，
静静地构思，
我该怎样写你！

凭祥海关

之一

千里驰驱不畏难，只为一睹凭祥关；
英雄传奇今犹在，亮剑出鞘敌胆寒。

之二

今晚，张老师受邀为凭祥海关的青年团员谈读书。看着那些年轻而充满活力的面孔，我又有了感受：

凭祥历史曾沧桑，改变容貌凭海关。
群贤荟萃新气象，中华气节固江山。

友谊关

南国边陲矗雄关，数度及时息狼烟；
友谊堪慰英雄愿，和谐二字值千金。

访问王力先生故居

今天上午，我陪张老师前往王力故居访问，这已经是我多次前往这个神圣之地了。王力先生身处穷乡僻壤，却矢志治学，在巴黎完成的博士论文《博白方音实验录》一出版，就立刻引起学界的广泛关注。先生最终学贯中西，著作等身，成为世界名人。最为可贵的是，先生不但注重高深的学问，而且重视记录自己平时发现的美，出版有《龙虫并雕琐记》。今日拜访先生圣地，忽得一诗，兹记录如下：

矢志求学出深山，异国苦攻语言关；
一卷初成惊天下，龙虫并雕美人间。

长春之冬

走近长春，
你才发现，
这个气势恢宏的城市，
也有冬天。

1931年9月19日，
寒流竟在秋高气爽的季节，

不期而至，
一千多名日寇，
以锋利的刀刃，
刺穿长春秋天的帷幕，
冬天就此覆盖了这座城市。

长长十四年，
长春只是徒沾春的虚名，
没有春没有夏，
甚至没有秋，
季节之神在这座城市，
总是直抵寒冬。

赵尚志曾以高贵的头颅，
赵一曼曾以滚烫的鲜血，
杨靖宇曾以铁铸的身躯，
试图拯救这座城市。
那春天的幼芽啊，
总被厚厚的积雪，
无情地冰冻。

寒风狂吹，
大雪肆虐，
可怜这座历史名城，
在没有春天的寒夜，
左冲右突，
伤痕累累。

半个世纪过去了，
绿色早已覆盖这座城市，

可那结痂的疼痛，
总是无法愈合，
长春之冬呀，
何日才能逾越那灰暗的雾霾？

别了，圣地亚哥

别了，圣地亚哥，
我漂洋过海来睡你，
却让你失望了。
虽然你给了我，
这一生中，
最温柔的拥抱，
我却不能还你，
哪怕是，
一个羞涩的清梦！
只怪故乡的太阳哦，
一直明晃晃地，
陪伴着我。

我想做这样的人

站着，成为一棵树，
根，深深地扎在大地，

心，向着蔚蓝的天空。
躺着，成为一片海，
虚心，纳百川之水，
静心，任千帆竞发。

长进瓜果里的善良

题记：今天下午在凤凰古城的风桥上，遇到了两位卖瓜的苗族大妈，其中一位已经 70 岁了，还是毅然地从三公里之外的山村挑 60 多斤的黄瓜出来卖。她说，她的瓜是自家种的，很环保，能给城里人洗胃呢。大妈坦然的微笑，让我很自然有了如下文字。

春天回到苗寨的时候，
她把种子、肥料，
还有孩子腾飞的梦想，
以及苗寨千年以来的善良，
一起植入了肥沃的土地里。

在幼苗拔节生长的季节里，
她曾好奇地观看，
电视里整天播放拔苗助长的传奇，
怦怦的心跳，
曾差点让她迷失方向。

现代性的陷阱，
在很多地方攻城掠地，
凤凰苗寨的城墙，
却因大妈的坚守而牢不可破。

关掉电视，
她踩着苗寨百年不变的节奏，
日出而作，
日落而息，
毅然地把汗水当肥料，
任随幼苗自然生长。

于是，
蝴蝶喜欢来瓜花里停留，
蜜蜂喜欢来瓜花里送蜜，
就连那些俏皮的云雀，
也喜欢在瓜棚里唱歌。

太阳的光亮长进瓜里了，
甜蜜的甘露长进瓜里了，
孩子纯洁的笑声长进瓜里了，
苗寨的善良也长进瓜里了。

瓜熟蒂落，
大妈以满满的自信，
一根扁担，
一颗丹心，
挑着苗寨的纯洁和善良，
袅娜着进了城门。

瓜果摆开，
阳光明媚，
无论是大妈，
还是陶醉在甜蜜瓜汁里的游人，
都是满脸阳光。

请别羡慕别人

我的一个朋友，
很受别人羡慕，
天天应酬不断，
夜夜大醉而归。
有日偶然相遇，
我直夸他有福，
他却摇头晃脑，
直言不要羡慕。
"三高①指标吓人，
行动严重不便，
上班精力不足，
晚上失却睡眠。"
我以为他夸张，
细细观其形象，
年龄不到半百，
白发秋草一样。
鞋带忽然脱落，
只好靠边坐下，
弯腰摸索半日，
勉强重新系上。
再言气喘嘘嘘，

---

① 说明：医学上常说的"三高"指的是高血压、高血脂、高血糖。

满脸愧疚模样，
生活如此狼狈，
风光无限走样。
人生原来如此，
得失早已定量，
如若得之东隅，
必然失之桑榆。
得之不必大喜，
失之不必大悲，
唯有淡泊名利，
幸福才有保障。

理想是什么

有人说，理想是自由高飞的云彩，
云彩却说，我的理想是拥抱快乐的小溪；
有人说，理想是远离尘世的小溪，
小溪却说，我的理想是拥抱大海；
有人说，理想是奔腾不息的大海，
大海却说，我的理想是托起风帆；
有人说，理想是远航的风帆，
风帆却说，我的理想是抵达坚实的陆地。
哦，我似乎明白了，
理想不是别人表面光彩的生活，
而是自己能够踏着，
足下坚实的土地。

我仍然相信

即使天空布满乌云，
我仍然相信太阳不会沉没。

即使大海波涛汹涌，
我仍然相信磐石不会移转。

即使沙漠尘土遮天，
我仍然相信绿洲不会枯萎。

即使前路泥泞满地，
我仍然相信土地不会崩溃。

即使谎言喧嚣尘世，
我仍然相信真理不会褪色。

即使权势横行无忌，
我仍然相信良知不会泯灭。

即使诬陷狂风大作，
我仍然相信正直不会倾倒。

即使冬天暴雪肆虐，
我仍然相信春天不会迟到。

即使大门锈锁紧闭，

我仍然相信窗口不会密封。

是的，不管世道如何变幻，
我仍然相信
透明的阳光，
永恒的真理，
温暖的善良，
正直的骨气，
绿色的希望。

清明喜雨

　　大雨已经透夜了，现在仍是雨脚如麻。出行虽然不便，但对农民来说，却是清明喜雨，因为快进入春插季节了。玉林是风水宝地，旱不到，涝不着，震无踪。"千州万州不如鬱林州"①，这话不假。

清明夜雨透鬱州，百姓喜悦涌心头，
春耕正赶好时节，老天相助更无忧。

节日快乐

不管时代如何进步，

---

① 说明："鬱"读"yù"。玉林古称"鬱州"。

教师，始终是时代的领跑者。

不管时代风云如何变化，
教师，始终是时代的风景。

不管时代人心如何变迁，
教师，始终以教书育人为己任。
不管工作如何定位，
教师，一定是苦中有乐。

给女生的祝福

今天上午，学生会一干部来办公室，说女生节心愿征集时有一女生的心愿是让我为她们宿舍赋诗一首，挺庄重的。我很高兴，就根据她们的姓名信息撰写了下面这首所谓的"诗"。

莫道前程弯几许，温情能融千秋雪；
蒙古大漠鹰展翅，梁山泽畔梅吐芳；
李桃斗艳相献瑞，许多佳梦饰寒窗；
有为才女居一室，无味岁月添馨香。

老牛

村里的土地全被老板承包了，
老牛得意地摔响了尾巴，

辛苦了多年，
终于可以休息了。

殊不知，
一把锋利的刀，
正在悄悄地逼近。

命运的咽喉啊，
往往在休闲的时光，
被人掐断。

小鱼哪里去了

题记：工业化的进程，是自然环境遭受掠夺式开发的过程。人类中心主义的盛行，让自然界中很多生物濒临灭绝。很多童年的回忆，都已经成为历史。

每一年春天，
盛开的桃花可以作证，
小鱼从没有失约，
它们总是追逐着春雨的脚步，
如期而至。
它们嬉笑在小溪里，
它们欢歌在稻田中，
它们与青蛙一道，
虔诚地守护着农民们，
挂在稻穗上的期盼。

诗歌篇

俏皮的少年，
最爱小鱼的鲜嫩，
他们常常在下水口处，
设下网兜，
铺设他们满心的期待和欢喜。
小鱼们从不后悔，
它们一辈又一辈，
以虔诚之心，
以微弱的身躯，
喂养着少年的好奇。
忽然有一年，
溪水断流了，
桃花萎缩的枝蔓挂满了焦虑，
习惯了小鱼摩挲的稻苗，
沮丧的叶子仿佛结了霜。
桃花抬头呼喊，
小鱼哪去了？
光秃秃的山默默无语。
稻穗低头叹息，
小鱼哪去了？
板结的泥土默默无语。
少年怯怯地问爸爸，
小鱼哪去了？
爸爸羞愧的脸涨得通红。
天上的白云，
也许也怕少年和诘问，
赶紧随风飞走了。

博物馆

现在，很多城市、大学都在建博物馆。目的都很明确：寻找、发现、总结、归纳祖先、民族的荣光，传承祖先、民族的精神。然而，在种种不断被遗弃，甚至被遗忘的物品当中，我们可以预想到人类的将来：某一天，人类的头骨也将成为博物馆展览的一个种类。可是，看展览的将会是谁呢？

在许多雾霾笼罩的城市，
博物馆收藏了许多陈年的荣光，
为谋一张虎皮砍伐一片森林，
似乎成了城市的共同嗜好。

古旧的瓷器，
闪着铮亮的深沉，
那把锈迹斑斑的犁铧，
在哀哀地诉说离开土地的幽怨。

那些黯淡无光的秦砖汉瓦，
其始终无法释怀的退守，
淡淡地泄露在其端庄厚重的容颜上。
那件曾令柳宗元动容的蓑衣，
表情颓丧，
它不会想到躲进博物馆，
是如此的无趣与无聊。

那架曾经陪着奶奶编织少女彩梦的纱车，

已然失去生动的色彩，
没有奶奶的歌声，
它无论如何都无法转动。

那杆陪着爷爷叱咤深林的猎枪，
枪洞依然黑森森的，
但即使是偶尔飞过的云雀，
已不再惧怕其冰冷的面容。

最为可怜的是那张虎皮，
四肢紧绷目光如炬，
但无力下垂的尾巴似乎宣布，
森林之王已经成为不可再现的传奇。

还有那面曾经演绎过，
铮铮铁骨故事的铜鼓，
圆圆的鼓身似乎不愿放弃，
驰骋终身的沙场。

门口上那把斑驳陆离的铜锁，
也把了岁月的荣光锁进了，
不可返回的历史，
门口的石狮失忆般傻坐在地上。

如潮水般涌入的游客，
虔诚的表情始终肃穆，
祖先的智慧与力量，
让他们在走出门口的时候神采飞扬。
只有一个忧天的杞人，
目光呆滞，喃喃自语：

哪天我的头骨被展览在墙上，
谁是观众？

我家的门墩

我家的门墩，
是乾隆年间开始使用的，
我的先祖曾稳坐其上，
看日出日落，
看花开花谢。

几百年过去了，
风从门墩上刮过，
雨从门墩上冲过，
甚至，小鸟，
也曾在此停留过。

也许，所有的风风雨雨，
也许，所有的悲欢离合，
它们都收藏在里面了，
我从认识它们到现在，
质朴，庄严的神色从未改变。

我非常叹服门墩的从容，
不管春夏秋冬，
无论富贵荣华，

它们都始终如一，
不悲，不喜。

堂中依旧满阳光

家中大树病休床，犹似狂风扫故庄。
幸有芷兰相映照，堂中依旧满阳光。

竹贤亭

牛塘人家最美的风景：竹贤亭。

玉竹甘露润古亭，世外桃源觅仙踪；
隐逸农家频敬酒，七贤依旧笑春风。

观鹭亭

牛塘人家内有许多白鹭，主人特设观鹭亭。每天早上和傍晚，都可见翩翩白鹭自由飞翔。看着如此美景，游客真的是流连忘返。

牛塘处处风景异，古亭常常白鹭飞；
山清水秀鸟鸣翠，气定神闲自忘回。

故乡的城墙

　　今天下午，我又带八位中学的同学回故乡参观客家围屋。古老的城墙，懒洋洋地晒着立春明晃晃的阳光，沉着、稳固的底色，突然鲜活起来，于是，我有了以下的文字。

　　故乡斑驳的城墙，
　　懒洋洋地晒着阳光，
　　一同翻晒的，
　　是康乾盛世的传说，
　　以及我爷爷的爷爷建筑城墙的故事。

　　城墙的坚固，
　　告诉我爷爷的爷爷曾经历的恐惧，
　　城墙的稳重，
　　得意地炫耀着我爷爷的爷爷的智慧，
　　落地生根，建造天堂，
　　是爷爷的爷爷一生朴素的期盼。

　　翻开城墙200多年的记载，
　　从来没有失守的记忆，
　　我的先辈与城墙一道，
　　站成坚固的屏障，
　　风，挡在墙外，
　　雨，挡在墙外，
　　安宁，留在墙内
　　幸福，留在墙内。

城墙上的鸟窝，
结结实实挂着鸟儿的希冀和欢乐，
墙边的果树，
结结实实挂着孩儿的期盼和欢笑，
城墙上方的蓝天白云，
结结实实地承载着村民的理想和憧憬。
守门的大黄狗，
休闲地踱着方步，
也许，它也知道，
有坚定的信仰，
城墙就会牢不可破。

流星

一道亮丽的弧线，
瞬间消失在夜空的尽头。

是为了失恋而激愤殉情，
抑或是为了初恋而激情赴约？

没有人知道你的初衷，
也没有人知道你的结局。
但所有人都知道，
如此匆匆的决定，
在遭遇障碍的时候，
你一定无法及时调整方向。

车票

有的人，
车票写满甜蜜的期待；
有的人，
车票写满浪漫的足印；
有的人，
车票写满团圆的惊喜。

我的车票啊，
却写着，
重如泰山的两个汉字：
责任！

开学了

一夜消失的蝉鸣，
竟以无声的方式，
提醒我，秋季期
开学了。

一张崭新的车票，

竟以浓墨的香味，
提醒我，新学期
开学了。

图书馆的灯光次第打开，
食堂的香味开始在校园飘逸，
休整了一个假期的老师，
精神抖擞。

我却如一个漂泊已久的旅人，
抱着吉他，轻拨琴弦，
一个假期的浪漫，
趁着夜色，袅袅升腾。

我多么希望，
有一个夜莺，
循着琴声，
停靠在我的窗台。

我在母校等你

为纪念相逢20周年，961中文专修班的同学相约于8月中旬回母校聚会。作为班主任，我相当开心。我期待着他们回到日新月异的母校。

我知道，
你肯定和我一样，
从今天开始，

用心细数相聚的日子，
甚至，开始构思，
该以怎样的姿态，拥抱
那场盛会。
聚会，积累了太多太多的理由，
或为20年前那场美丽的邂逅，
或为一睹日新月异的母校美丽的容颜，
或为重走一遍一直温暖你梦境的，
西校区那条刻满了青春印记的长廊，
或为再次温习你很喜欢的那位同学，
天真灿烂的笑容。
甚至，是为了20年前一次不经意的回眸，
为了纪念20年前一次翻越围墙的冒险，
为了纪念20年前一次醉不归宿的放荡，
为了看一看20年前暗暗想牵的纤纤素手，
今天，是否还楚楚动人。
我还知道，
所有的理由，
都无法解释你按时赴约的借口，
我只知道，
那一天，你一定会像初次赴约那样，
带着自信，
满面春风，
盛装登场。
所以，从今天开始，
我开始准备记忆的内存，
我开始练习重逢应有的笑容，
甚至，开始练习傻傻等待的模样，
只为，让你看见我的那一刻，
也心若莲花，盛情绽放。

同窗即是福

同学聚会在即，大家建议男生要对女生说一些暖心的话，女生也要对男生说一些能唤起青春热情的话。我觉得，这个建议好。同窗即是福，同学间的确应该相互取暖，相互鼓励。

男生的坦白：
如果我们不曾同窗，
我可能就没有，
现在的怨恨和遗憾！
如果我们不曾分别，
我可能还生活在，
傻傻的幸福中！
怨恨你飘飘的长发，
常常飘进我的梦境，
让我即使在星空斑斓的夜晚，
也烟雨蒙蒙！
怨恨你顾盼多情的眼睛，
常常击打我的神经，
让我常常在紧握爱妻的手的时候，
也阵阵发抖！
最可恨的是你那婉转的歌声，
刚刚让我展开想象的翅膀，
就戛然而止，
我只好在你远离的岁月里，

痛苦地把玩那渺茫的余音！
我不知道，
这些怨恨何时会消失，
我只知道，
每次看到你灿烂的笑容，
我的心也会像春天的桃花，
向着蓝天，
倾情绽放！
女生的坦白：
我的心，
曾经像深夜绽放的蔷薇，
期待你的欣赏！
我的听觉，
常常错把风声，
当成你探询的脚步。
我曾经自私地设想，
你那清脆悠扬的琴声，
应该只为我弹奏。
甚至我曾设想，
在某天黄昏，
我陪着你的琴声，
远走他乡。
可是，
你如冬天的表情，
如何理解夏莲的心事！
甚至，在握手道别的时候，
居然，居然，
感受不到我颤抖的心！
你错失了一个花季，
我错失了一生的宁静，

每年蔷薇花开的时候，
我还怨恨，
为什么不开放在，
你必经的路上？

如果时间还来得及

夜宿贺州，孤枕难眠，翻阅微信，忽读到史记笔法的微文，愈发觉得史记之伟大，司马迁之伟大。高山仰止，景行行止，虽不能至，心向往之。想到我无法为之送行的学生，心甚愧！写下以下文字，算是与同学们共勉的作别之语。

祝同学们一路顺风，家庭幸福，工作顺利，前程似锦，万事如意！

毕业典礼已结束，
晚会的硝烟也散去，
一转身，低头思量，
啥，最值得你惦记？

告别模式已开启，
挽留，显得很客气，
如果时间还来得及，
我们能否再聊一聊史记？

司马曾经有怨气，
公正却受宫刑辱，
从此，虎落平阳受犬欺，
龙游浅水遭虾戏。

司马最终不自弃，
忍辱狱中写史记，
立志，通古今之变，
成一家之言究天人之际。

死之价值常深思，
或重于泰山，
或轻于鸿毛，
司马心中有舍弃。

身陷绝境仍忧国，
书生不负平生志，
为天地立心为生民请命，
继往圣之绝学为万世开太平，
绝唱史学竟超张公志。
如若遇上冷风雨，
不妨反身读史记，
所有沟坎不足惧，
荣辱不坠青云志。

远航船舶响汽笛，
波涛汹涌非儿戏，
太公绝学常温习，
定能实现平生志。

赴约

一声声深情的呼唤，

一个个深情的期盼，
填满了二十年，
日思夜念的空白。
我整装赴约，
"就在这一瞬间，
才发现，你都在我身边……"
这句美丽的歌词竟在耳边响起。
原来，
师生之情，同窗之谊，
从不因岁月的流逝而淡化，
也不因空间的转换而易色。
师生之情，同窗之谊，
正如南国的三角梅，
只要一阵春风，轻轻地呼唤，
她必定倾情绽放。
一团团，
妩媚，艳丽你的双眼，
一簇簇，
赤诚，温暖你的心境。
赴约去吧，
用自己积蓄了20年的思念，
拥抱那一个，
盼望已久的盛会。

学位服

曾经的幼稚和迷茫，

曾经的单纯和天真，
都被写满自信的学位服，
覆盖了。

四年孜孜不倦的追求，
一生自由翱翔的梦想，
都被写满自信的学位服，
泄露了。

穿上学位服，
仿佛插上了腾飞的翅膀，
曾经安宁的心，
早就扑腾在蓝蓝的天空。

穿上学位服，
又像披上战袍的战士，
已经沸腾的血，
早就驰骋在战旗猎猎的沙场。

厚重的学位服，
见证了梦想，
见证了成熟，
见证了辉煌。

穿好学位服，
戴好学位帽，
拨好智慧流苏，
昂首挺胸，
迎着长辈期待的目光，
向着鲜花盛开的春天，
阔步前行。

集合未必伤离别

天色刚微明，
急于赶路的孩子，
欢快地追着响亮的集结号，
快速地集合在一起。
面对如此宏大的欢声笑语，
我的思路竟凌乱无序，
酝酿了一个春天的伤感祝福，
羞答答地退回了心灵深处。

旁边的木棉，
刚刚送走华硕的花朵，
黯然神伤的样子，
毫无节制地涂抹在叶子上，
孩子的喧闹，
惊醒了它惺忪的眼睛，
难道，别离能以欢笑的方式？

一旁的柳树，
也忍不住暗暗埋怨柳永，
一句杨柳岸晓风残月，
让自己背上伤离别的印记，
看着热闹的孩子，
它也在构思应该如何重塑，

自己的形象。

全体集合,
虽然明知是离别的前奏,
也许是四年的磨砺,
让每一个人都积蓄了,
满满的能量,
致使强装的愁绪,
都被灿烂的笑容,
无情地揭穿。

此景一定成追忆

曾经以为,
四年很漫长,
曾经很迷茫,
漫漫四年何以度?

不经意间,
日出日落,
花开花谢,
转瞬,就到了别离的码头。

曾经苦苦想象,
"三十年过去,
弹指一挥间",

是怎样的一种失落？

不经意间，
北雁南飞，
冬去春来，
转瞬，最华美的青春就绽放在枝头。

毕业歌唱起来了，
慷慨的旋律直击心底，
镁光灯亮起来了，
梦想的前程瞬间辉煌。
校长的临别赠言，
敞亮庄严，
坚守梦想敢于担当保持善良，
让远行的学子不再彷徨。

师长的真挚祝福，
语轻情长，
轻轻一句常回家看看，
竟使学子泪沾裳。

同学的握手道别，
温暖一倍往常，
执手相看泪眼竟无语凝噎，
让别离的风景梦中飞扬。

此景一定成追忆，
即使遗忘锋利如芒，
万里征程再起步，
人生从此不一样。

祝福

祝福你一路阳光,
前行的路永不彷徨,
每一天出发都有明确的方向,
每走一步都充满无限的力量。

祝福你一路鲜花,
前行的方向分毫不差,
无论你走向何处,
所有的驿站都温暖如家。

祝福你一路顺利,
前行的道路没有泥泞,
无论你许下什么心愿,
最后一定会称心如意。

学子欣然壮志酬

祝贺"广西应用型高校建设与转型发展高峰论坛暨广西应用型本科高校联盟成立大会"胜利召开。

高校联盟涌激流,群贤毕至献良谋。
转型铺就鲜花路,学子欣然壮志酬。

破浪长风正当时

祝贺广西民族大学2013级文艺学专业8位同学顺利通过硕士学位论文答辩！更祝他们事业有成、前程似锦！

十载寒窗豪气在,一朝破茧四邻知。
志行千里登峰顶,破浪长风正当时。

我的天空我做主
——献给文学与传媒学院2013届毕业生

前几天,学工处的老师对我说,6月18日是学生毕业晚会,他们要求教师出一个节目。我觉得很赞,但时间已经很紧了,大的节目已经无法编排,于是苦思冥想,撰写了一首小诗,算是给他们的祝福礼物。

遥望天空
我曾暗生畏惧
宇宙茫茫
人类却渺如微尘
长河落日虽壮丽
我却不知身心所系

遥望天空
我曾心安神定
父母温馨的翅膀
遮住了一切的雨雪和风霜
师长深情的呵护
挡住了所有的闪电和雷鸣

遥望天空
我曾心生狂妄
不辨霓虹的诱惑
不惧暴雨的狂啸
一意孤行闯天涯
伤痕累累而不肯回望

遥望天空
我已心有所托
雄鹰丰满的羽翼
教会了我逆风飞翔的姿势
夸父追日的豪情
培植了我坚如磐石的精神

遥望天空
我豪情满怀
厚德博学①的滋养
给我展翅高飞的永恒资本
知行合一的修炼
给我自由翱翔的不竭动力

我的天空我做主

---

① 说明:"厚德博学,知行合一"是校训。

我不再低叹命运的无常

我不再畏惧宇宙的深奥

我只管牢记父母师长的殷殷期待

我只管牢记复兴中华的神圣使命

搏击长空永不停步

请相信我今天的铮铮诺言

天空是如此绚丽

我们青春的花朵也要面向蓝天

激情绽放

灿烂如阳光

华丽如彩虹

难忘的三月
—— 献给恩师张玉能教授

题记：2004 年 3 月，华中师范大学文学院博士生导师张玉能教授应玉林师范学院中文系的邀请来玉林讲授《美的历程》，张老师的精彩演讲，不但使学生感受到了学习的快乐，也让学生们享受到了做教师的快乐。笔者深受感动，欣然写了这首诗。我谨代表玉林师范学院 2001 级中文本科的全体同学，把它献给尊敬的张老师。本文写于 2004 年 3 月 14 日。

一个诚挚的邀请

一声深情的呼唤

您便踏着三月的旋律

从黄鹤之乡款款走来

带着长江的浪花

裹着江南泥土的清香
穿洞庭 跨南岭
一路风雨一路歌

来不及卸下鼓鼓的行囊
来不及清洗一路的尘埃
您便带着岭南的学子
匆匆踏上美的历程

穿越古老的时空隧道
您用那神奇的话语
轻轻地把先贤们唤醒
星光随即照耀了整个行程

特别难以忘怀的
是蒙娜丽莎的微笑
因为您的问候
竟璀璨成一枝花

您那诗意般的解说
冰释了学子心中的困惑
您那情真意切的歌喉
唤起了学子求美的热情

三月岭南的山水啊
因您的点染而翠绿
三月岭南的花儿啊
因您的浇灌更芬芳

美的历程很短、很短
美的回忆却很长、很长……

人生没有彩排

转眼间，自己就度过了第四个本命年。回顾过去，感慨最深的是：人生没有彩排。

人生没有彩排，
每次演出都是前台，
或鲜花，或坎坷，
每个细节都是命运的安排。

人生没有彩排，
你可以敷衍应对，
也可以刻意登台，
每一出戏都由自己剪裁。

人生没有彩排，
观众总是渴望情节精彩，
或笑声，或流泪，
每个表情都要真实存在。

人生没有彩排，
一旦错过出彩的机会，
即使悔恨万千，
也无法改变结局的安排。

人生没有彩排，
每一个方向的选择，

每一个迈动的脚步，
都有必要精心安排。

人生没有彩排，
正如河流方向无法更改，
那就让自己矢志不移，
即使千山阻隔也要心向大海。

祝福伴你走天涯
—— 为文学与传媒学院 2015 届毕业生而作

明天，
你就要离开，
那美丽的挂榜山，
你可遗憾，
岁月匆匆，
刚刚开始，
就到剧终。
天南湖墨绿的倒影，
是否留有你的笑容？
挂榜山幽静的小路，
是否记得你的迹踪？
单调乏味的课堂，
是否有你难忘的内容？
缺油少盐的食堂，
是否有你难忘的员工？

四处怒放的三角梅，
能否让你把步履放松？
芒果树上的硕果，
是否还香在你的梦中？
同桌响亮的名字，
是否常挂你口中？
室友彻夜的鼾声，
是否植根你心中？
四年时光匆匆过，
老师牵挂贯始终，
就算曾经埋怨过，
爱生如子不放松。
雄鹰终有单飞日，
猛虎终有独行时，
蓝天驰骋靠翅膀，
草原纵横凭真功。
也许，别离总是太快，
风的速度模糊你的双眼，
我仍然相信，
总有一些情节让你动容。
老师无缘伴你走，唯有祝福在心中，
不管山高与水长，祝福伴你走天涯。

书声如浪慰先贤
——为玉林师范学院十大文化景点之读书广场而作

春天正是读书天，闲坐书山墨海边。
品味经书心自远，书声如浪慰先贤。

杏坛欣遇舜尧天
——为玉林师范学院十大文化景点之玉师广场而作

杏坛欣遇舜尧天，桃李芬芳广场边。
游客驻留皆感叹，渊明仙境在跟前。

家国栋梁圣道栽
——为玉林师范学院十大文化景点之孔子广场而作

尧舜清明广场开，先师圣像请回来。
箴言论语常翻阅，家国栋梁圣道栽。

王公圆梦出英才
——为玉林师范学院十大文化景点之王力湖而作

先贤湖畔筑歌台，绿树婆娑圣鹤来。
四海精英齐荟萃，王公圆梦出英才。

原来水面落香兰
—— 为玉林师范学院十大文化景点之玉兰湖而作

登楼观景倚栏干,澄碧湖边见奇观。
锦鲤侧身相戏逐,原来水面落香兰。

钟声含韵直飞天
—— 为范学院十大文化景点之天南湖而作

人间何处寻仙境,唯见天南起雾烟。
袅袅琴歌随浪远,钟声含韵直飞天。

有韵琴声卷浪中
—— 为玉林师范学院十大文化景点之天南湖而作

曲径通幽接彩虹,云遮雾绕阁楼空。
天南湖暖游金鲤,有韵琴声卷浪中。

荔林讲道业精通[①]

朝观蜂蝶晚听风,风景年年艳丽红。
微雨送香书阁暖,荔林讲道业精通。

只因最美荔枝红
—— 为玉林师范学院十大文化景点之荔枝林而作

驿路曾通妃玉宫,只因最美荔枝红。
东坡倚杖常低叹,何不身留岭南中?

书声阵阵胜松涛
—— 为玉林师范学院十大文化景点之松树林而作

经冬叶茂见情操,酷暑枝繁气自豪。
童子从师勤探索,书声阵阵胜松涛。

[①] 说明:荔枝林诗之二,意在把荔枝对人的影响表达出来。

不改痴心向碧空
—— 为玉林师范学院十大文化景点之桃花林而作

淑气初回故苑中，桃花怒放最鲜红。
明知璀璨凋零至，不改痴心向碧空。

挂榜千年翰墨香
—— 为玉林师范学院十大文化景点之桃花林而作

挂榜千年翰墨香，雄鹰展翅自飞翔。
魁星圣地逢盛世，俊杰良才作栋梁。

彩色瓜果
—— 为玉彩田园之瓜果而作

电闪雷鸣，
雕琢了我的品相；
风雨交加，

明媚了我的容颜；
阳光雨露，
斑斓了我的内心；

为了今天美丽的约会，
我苦苦修行了，
大半生。

闹钟的宣言

不管你的阿谀奉承，
不管你的冷若冰霜，
我只管精确地算计，
你不可重复的生命。

如果，
你敢于和我赛跑，
即使你衣衫褴褛，
我也奉你为主人。

如果，
你在我面前退缩，
即使你锦衣玉食，
我也沦你为奴隶。

风扇的温馨提示

如果，
你不足够强大，
千万，
不要在我面前吹。

路灯羞涩的独白

只因照亮了，
你的前程，
我的心，
竟泛起，
丝丝暖意。

花瓶与花的对话

花瓶：感谢你给我的生活增色添彩。
花：感谢你给我安身立命之所。

花瓶：你的光临让我理解了什么是蓬荜生辉。
花：你的宽容让我理解了什么是唇齿相依。

录像机的心声

我只管忠实记录，
不管悲剧，
不管喜剧。

然而，
我仍然希望，
每一个人，
都演好自己。

该欢笑时别装冷酷；
该痛哭时别装坚强。
御风而行，泰然；
鲜花簇拥，淡然。

阶梯励语

甘为阶梯，
是我对你，
一生的承诺。

登高望远，
是我对你，
永恒的期盼。

电视机和遥控器的贴心对话

电视机：亲爱的，因为爱你，所以，我听你的。
遥控器：谢谢！关键的是，我们拥有一颗共鸣的心！

床头灯的胸怀

也许，
这一辈子，
我们都无法相依。
但我们仍然相信，
这是上天最好的安排。
在遥遥相对的日子里，
我们仍然可以，
相互照应。
我分享着你的光，
你分享着我的热。

发言席的经典发言

决定你是否能站在这里发言的,不是你的高度,而是你的厚度。
决定你话语影响力的,不是你是否站在我的前面,而是你是否站在时代的前面。
决定你话语穿透力的,不是你身份的风光,而是你独特的眼光。

吹风筒的温馨提示

如果,
你想变得楚楚动人,
请让我,
轻轻地,
把你的水分吹干。

电话机的情怀

你给我所有,
温馨的问候,
我都会毫不保留地,

献给你的亲人。

你给我所有的温情,
我都会不打任何折扣,
献给你的朋友,
温暖他的梦境。

高位而不高调的空调

无论给你清凉的慰藉,
还是给你温暖的问候,
我都会默默偏安一隅,
不轻易打扰你的安宁。

垃圾桶的担当

昨天下午,在桂林汽车站,看到一个美观干净的垃圾桶,因匆匆而过,没有拍下。今早起来,颇觉遗憾。忽然有了如下文字:

如果,
我的宽容和担当,
能够换来环境的整洁,
那么,
我愿意承担,
藏污纳垢的骂名。

冰箱的火热情怀

别以为，
我冷若冰霜，
走进我的生活，
你会发现，
我也有一颗，
滚烫的心。

羊毫笔的痴情

如果，
你能好好地爱我，
那么，
我乐意倾尽一生的温柔，
奠基你坚实的人生。

应急灯心语

别笑我素面朝天，

别妒我安逸自由。

假如太阳突然沉没，
我将即刻给你，
送去光明。

即使瞬间耗尽生命，
我也要学那樱花，
迎着你的目光，
尽情绽放。

年年粽子总飘香

三闾端午哭潇湘，冤屈应怜痛故乡。
江浪恰如千盏雪，湖光更似万重霜。

龙舟忍泪不思去，舵手含悲难起航。
忠信早承风记取，年年粽子总飘香。

美味早餐不美丽

经常有同学在教室里吃早餐，其实，这是不文明的行为，因为，这是学习场所。但是，却很少有老师提醒，同学间更不好说。很多人的想法几乎都是这样的：

我无权批评你，
因为你有吃东西的自由。

我不想批评你，
因为我不想得罪你。

我不敢批评你，
因为你不懂得道理。

我不愿批评你，
因为我不想和不懂礼仪的人交朋友。

我不屑批评你，
因为你不值得我批评。

你尽可以开怀大吃，
我可以装作什么也没看见，
只不过，
我会悄悄地把你
从我的世界里移走。

青春的模样

如果人生是一条河，
青春就是急流的湍涡，
力量强大，无所畏惧，
即使瞬间跌个粉碎，
也毫不犹豫勇往直前。

如果人生是一片海，
青春就是海上飞舟，
乘风破浪，激情澎湃，
即使瞬间跌入谷底，
也毫不犹豫冲浪而上。

如果人生是一棵树，
青春就是碧绿的树冠，
生机勃勃，个性张扬，
即使瞬间被雷电击碎，
也毫不犹豫迎风飘扬。

如果人生是一片天，
青春就是自由的云朵，
率性随意，自由徜徉，
即使瞬间被风吹散，
也毫不犹豫迎风飞翔。

如果人生是一首歌，
青春就是主旋律，
节拍鲜明，声音铿锵。
即使瞬间滑入无形，
也毫不犹豫御风而行。

青春的模样，
就该这样，
不惧不怕，
不退不缩，
即使生命不可复制，
也毫不犹豫放歌前行。

我在夏天抢红包

天鸟飞过绿油油的山坡，
兴奋得忍不住丢下一个红包，
很多诗人冲过去，
围剿。
我刚好路过，
恨不得捞上一把，
刚刚靠近，
忽然听到天鸟振聋发聩的声音。
会听我的歌声的，
才有资格抢红包！
我伸出去的手，
仿佛遭受炮烙般缩回。
不会听歌是我永恒的痛，
抢红包才是我的特长，
天鸟的声音，
让我在闷热的夏天瞬间接近爆点。
我茫然四顾，
焦点始终如一是那个红包，
我暗暗比较了红包和脸皮，
到底，哪一个更有厚度。
我终于不计较天鸟的忠告，
迅速出手，
在天鸟打盹的瞬间，

抢到了红包。
我迫不及待打开，
一股寒气从足下升起，
天鸟真好，
一个瘦红包就让我凉透了整个夏天！

守夜之一

今夜，
我坐在一棵老树下，
守夜。

这一棵树，
曾为我遮风挡雨，
曾给我无数硕果，
甚至，连汁液都毫不保留地，
给了我。

这一棵树，
树冠给了我清凉，
树梢给了我温情，
树干给了我勇气。

这一棵树，
是我童年无忧的乐园，
是我青年充电的驿站，
是我中年漂泊的港湾，

是我一生温暖的依靠。

岁月无情，
寒流残酷，
曾经的大树，
只剩下孤单的身影，
在夕照中摇摇晃晃。

今夜，
我就守着这一棵树，
我要陪着他，
朝着春天的方向，
出发。

即使不再枝繁叶茂，
我也要用体温让他感受，
春天的暖意。

守夜之二

我一夜无眠，
警惕的眼睛不敢轻易合拢。
我知道，
我守护的大树，
生命的脆弱，
再也经不起任何折腾。

枯黄的叶子，
再也承受不住，
哪怕是一阵清风的吹拂，
失血的枝干，
再也承受不住，
哪怕是一场阵雨的冲刷。
我还要警惕莆田系医生，
虚假的慰抚。

大树的每一丝颤抖，
都牵疼我的神经，
大树的每一次痉挛，
都撕疼我的肺腑。

我在黑夜里苦盼黎明，
我在大海中遥望海岸，
我在沙漠里期盼绿洲，
我在酷暑中渴望绿荫。

无声的电子表，
嘀嗒有声，
寂寞的窗棂，
映着寒光，
神圣的职责提醒我，
不能睡去。

当东方的第一缕阳光，
穿透帷幕，
一股暖流，
以前所未有的温度，
融化了我的黎明。

·点亮自己·

我朦胧的双眼，
仿佛看到，
我守护的大树，
再次在曙光里，
熠熠生辉。

风景就在身边

待转身，
我才发现，
精彩在身边。

待回头，
我才发现，
爱就在身边。

真可怜，
我一直相信，
风景在前边。

到现在，
我才发现，
必须调整视线。

真善美，
其实很普遍，

用心看，
风景就在身边。

梦回舞台

静静的，
什么也听不到，
蒙蒙的，
什么也看不清。

仿佛在无人穿越的雨巷，
足下湿漉漉的滑着，
又似在人迹罕至的山间小道，
寂寥的山风呼啸而过。

我手足无措的慌乱，
我声嘶力竭地呐喊，
而那些一闪一闪的镁光灯，
却毫不留情在我身上扑腾。

我羡慕已久的掌声，
哪去了？
我向往已久的鲜花，
哪去了？

第一次以歌者的身份亮剑，
典雅的唐装，

却始终无法掩饰，
慌乱无度的表情。

乐曲散了，
在鞠躬致谢的那一瞬间，
我听到了心跳，
砰砰有声。

也许，
是那有韵的心跳，
引发了共鸣，
短暂沉默之后，
我居然听到了，
如蛙鸣一般的掌声。

没课的时候

没课的时候，
我们是否还记得用心读书？

没光的时候，
我们是否还记得飞翔的方向？

没风的时候，
我们是否还记得忘我的奔跑？

没人的时候，
我们是否还记得拔节生长？

如果，
这些都记得，
我们不妨独坐幽篁，
弹着吉他，
对天长歌。

关于写作的理解

也许，写作不能改变你的身份，但可以改变你的身价。
也许，写作改变不了你的身高，但可以改变你的声高。
也许，写作改变不了你人生的结局，但可以改变你人生的格局。
也许，写作不能改善你的生活条件，但可以改善你的生活模式。
也许，写作不能提高你的能力，但可以提高你的能量。
也许，写作不能提高你的颜值，但可以提高你的价值。
也许，写作不能改变你的视线，但可以拓宽你的视野。
也许，写作不能丰富你的物质生活，但可以丰富你的精神生活。
也许，写作不能实现你的志向，但可以明晰你的方向。
也许，写作不能使你人生惬意，但可以使你人生诗意。
选择写作，无论如何，总有收获。

乘坐高铁的感受

速度再快，
也追不回逝去的青春。

再怎么舒适，
也无法超过父亲深情的爱抚。

我们可以毫不犹豫地走出车厢，
却无论如何都不愿意走出，
父亲深情的凝视。

有父亲的日子，
我真的不愿意，
乘着高铁，
急急地，
背井离乡。

陪谢冕、孙绍振和吴思敬先生回玉林

一别早辞民族宫，大师携手驿途中。
树高千尺鸣翠鸟，万里长空现彩虹。

虚度光阴

打开《草叶集》，
在诗意的世界里，
虚度光阴。

打开《兰亭序》，
在酣畅的线条里，

虚度光阴。

面壁《向日葵》，
在浓烈的色彩里，
虚度光阴。

骑上自行车，
在崎岖的山道里，
虚度光阴。
闲坐绿柳下，
在鸟语花香的惬意里，
虚度光阴。

泛舟湖泊中，
在锦鲤畅游处，
虚度光阴。

邀三五好友，
在醇厚的佳茗里，
虚度光阴。

虚度光阴，
丰盈了岁月，
充实了人生。

百岁大师莅临玉林

中国高等教育学科的奠基者、厦门大学资深教授、博士生导师潘懋元先生今天出席在玉林师范学院举行的"广西应用型高校建设与转型发展高峰论坛暨广西应用型本科高校联盟成立大会"。先生15岁从教,至今已经有81年的教龄!已是96高龄,他还不辞劳苦来到玉林这个边远小城,而且做专场报告,实在令人敬佩。特撰小诗一首,恭祝先生身体健康、如意吉祥!

百载沧桑志不移,培材育栋展英姿。
联盟高校献良策,李艳桃红果满枝。

抽烟

你优雅的姿态,
在烟雾中愈发迷人,
吞云吐雾的闲适,
让所有的防线全盘崩溃。

雾霾,在生命的通道左冲右突,
虚假的慰抚却让你舒适销魂,
在某个刻骨疼痛的夜晚,
你仓促抵抗,
生命的组织早已溃不成军。

你终于明白,
你点燃的是烟,
焚毁的却是生命。

为父之感

23年前的今天,儿子呱呱落地,我的身份瞬间发生变化。责任、快乐、焦虑、期盼,成为家庭生活中最常出现的关键词。今日特撰打油诗记之。

为父方知父母苦,焦虑最深儿前途;
幼时盼其无病痛,上学盼其通文武;
春夏盼其拔节长,秋冬频嘱更衣服;
一年四季皆牵挂,无时无刻不挂肚;
陪在身边看不够,求学他乡挂虑苦;
惟愿苍天垂庇佑,孩儿一生走坦途;
也愿孩儿懂感恩,快乐创业报父母。
生儿育女责任重,呕心沥血不糊涂。

当你病了

当你病了,
你才会发现,
生命已经透支于,
年轻时所谓的潇洒。

当你病了,
你才会真切体会,

孩子才是父母心中，
最放不下的牵挂。

当你病了，
你才会彻悟，
所有的富贵荣华，
都不过是镜中月水中花。

静一静吧，
别再让自己透支于致命的雪月风花。
常回家看看吧，
别再让爸爸妈妈的焦虑整天在脸上挂。
歇一歇吧，
别再让生命颤抖于毫无意义的富贵荣华。

当你病了，
你才会明了，
无论是雾霭流岚还是草木鸟花，
其实命运都不差。

选择坚强

我虽然曾经遭遇枪伤，
寒流也冻僵过我的梦想，
我还知道前路有塌方，
但我毅然选择了坚强。
我虽然曾经身处悬崖，
灵魂也曾经流落他乡，

我的梦想也曾折翅战场，
但我幸运选择了坚强。

坚强，是最好的药方，
坚强，是最好的靠山，
坚强，是最美的曙光，
坚强，是最美的城墙。

不惧怕中伤，
不惧怕寒流，
不惧怕塌方，
不惧怕悬崖。

以自信的步伐，
以坚强的傲骨，
驭风而行，
我们的人生，
自是另一番模样！

开往春天的地铁[①]

岁月，漂白了我们的头发，
时光，雕琢了我们的沧桑，
无妨，无妨，

[①] 注：在上海的地铁上，一对安详、恩爱的夫妻，让我不由自主地想起了一部电影——《开往春天的地铁》。

毕竟，
我们已经坐上，
开往春天的列车。

我的农民兄弟

我的兄弟，
一出生就有了一个，
质朴的名字，
农民。
于是，
土地成了他的根基，
庄稼成了他的围墙，
猪牛成了他的玩伴。
爷爷告诉他，
农民，要脚踏实地，
父亲告诉他，
农民，不要好高骛远。
于是，
他的双脚永远是拖泥带水，
他的双眼永远是低头看路，
他甚至没有想过，
山的那边到底是什么样的世界。
忽然在一个春天，
有一位老人在南方画了一个圈，

圈里强大的磁场,
把我的兄弟扯向了那个,
百废待兴的城市。
于是,
我的兄弟开始了,
一种全新的生活,
远离了黑黝黝的土地,
他曾经心生骄傲。
我的兄弟在脚手架上挥汗成雨,
城市开始拔节生长,
我的兄弟在工厂里夜以继日,
城市开始富裕繁荣。
可是,
当我的兄弟拆除脚手架的时候,
他伤心地发现,
高楼大厦的万家灯火,
没有一盏是为他点燃。
可是,
当我的兄弟把产品装满集装箱后,
他伤心地发现,
他带出来的行囊,
依然是羞涩如初。
当城市里的孩子,
背着书包,
走进教室的宽敞明亮的时候,
他多么希望自己的孩子也在其中。
当城里的姑娘,
欢声笑语,

走进雅致的咖啡厅的时候，
他多么希望结发的妻子也能品尝，
城市的甘甜。
当城里鹤发童颜的老人，
安步当车在公园里漫步，
他多么希望已经走向夕阳的父亲，
也能在身边尽享天伦之乐。
当他积劳成疾，
不得不住进医院的时候，
他多么希望也拥有一张，
城里人才有的医保卡。
但是，
我的兄弟因为农民的身份，
他所有的希望，
都如多彩的肥皂泡，
刚刚升起就马上破灭。
城市还在不断生长，
我的兄弟的脊梁，
却在不断弯曲，
眼睛也在不断暗淡。
我的兄弟始终不明白，
空间无限的城市，
为什么，
只容得下他的汗水，
而容不下，
他那些轻盈的梦。

留守儿童的泣诉

我不知道，
是谁，让爸爸妈妈远走他乡，
我也不知道，
是谁，用留守儿童为我命名。

我只知道，
每天天不亮，
我就要唤醒还在酣睡的弟弟，
与我一起走向村口的黑暗。

村口的大黄狗，
也许它也知道我爸爸妈妈不在家，
我们每次路过，
总是向着我们，狂吠。

也许，同学也知道，
我的爸爸妈妈在异乡打工，
他们异样的眼神，
像针，像刀，也像剑。

老师偶然的提问，
总让我手足无措，
因为我的心，
常常追寻着爸爸妈妈的方向，

漂泊。

每年的冬天，
冬衣也会像南飞的大雁如期而至，
可无论如何，
都无法温暖我们冰冷的心。

春节几天短暂的团聚，
总让我提心吊胆，
我常常担心，
梦醒之后，
已看不见爸爸妈妈，
慈祥的笑容。

我很羡慕邻居家的那群小鸡，
它们虽然吃着粗粮淡饭，
但每一阵风吹过，
它们都能依着在妈妈的羽翼，
蹦蹦跳跳。

我也很羡慕屋檐下的那窝燕子，
每年冬天将至，
它们的妈妈，
总会带着它们躲避严寒。

有人说，
穷人的孩子早当家，
可谁知道，
留守儿童内心的恐惧。

我们恐惧，
爸爸妈妈在他乡受欺负，

我们恐惧，
爷爷奶奶半夜病痛的呻吟。

我们恐惧，
狂飙在上学路上的汽车，
突然炸在头上的惊雷，
以及，突然而至的风雨。

甚至，我们恐惧，
邻居那条小狗，
它仗势欺人的狂吠，
常常惊醒我的梦境。

我多么希望，
春天花开的时候，
我的爸爸妈妈，
能陪伴我们在田野里放飞风筝。

我多么希望，
夏天瓜果遍地的时候，
我的爸爸妈妈，
能陪着我们品尝生活的甘甜。

我多么希望，
中秋月圆的时候，
我的爸爸妈妈，
能陪着我们点亮温暖的烛光。

我多么希望，
春节品尝佳肴的时候，
爸爸妈妈再也不要讨论，
明年，我们该去何方？

我是苦命的留守儿童，
我在通往城市的繁华里，
看到了飞机，看到了动车，
可无论如何我总看不到，
爸爸妈妈回家的路。

谁陪我终老

我的孩子，
经不住斑斓城市的诱惑，
一个接一个，
走向了城市的繁华。

我明明知道，
以他们浅薄的学识，
只能苟且生存在城市的边缘，
甚至，只能以朴素的方式流浪。

可我无法阻拦他们，
五彩缤纷的霓虹灯，
虚张声势的广告牌，
都是他们进城的理由。

我的孩子以农民质朴的坚毅，
构筑了城市的繁华，
城市也以其多彩的生活，
留住了孩子回乡的脚步。
我曾经在村口得意地炫耀，

我曾经在梦中开心地笑醒，
我曾经在寒夜里忍不住摇醒老伴，
眉飞色舞地讲述孩子在城市的骄傲。

可是，孤独在瓜果飘香的时候，
竟然不约而至，
小山般堆积的甘甜，
却没有孩子陪我们品尝。

我开始守望村口，
我开始惆怅彷徨，
我多么盼望孩子们在黄昏的时候，
吹着口哨出现在村头。

日落西山的时候，
我忽然发觉再没有力气耕田种地，
每年的春天，
只好眼睁睁地看着野草，疯长。

积劳成疾的故事，
毫无例外在我身上演绎，
一次又一次的病痛，
常常在深夜折磨我日益孱弱的躯体。

孩子的问候，
因为长长电波的打折，
抵达小村的时候，
似乎没有了温度。

孩子的汇单，
因为长长旅途的颠簸，
抵达小村的时候，

似乎没有了分量。

倚杖守望在村口，
远方的夕阳冷冷地告诉我，
我抚养你长大，你陪我终老，
必将成为新时代的童话。

向母亲致歉

题记：今天是母亲节，铺天盖地的赞美之辞出现在各种各样的媒体里，其实，我们很多人需要做的是：向母亲致歉。

一直以为，
母亲爱我是天经地义的事，
无论付出的是带血的乳汁，
无论付出的是没日没夜的劳作，
都是她应尽的义务。

小时候，
我们没有留意母亲欢颜之后的忧虑，
我们无拘无束的散漫，
让她担心正直、善良的基因没能有效地遗传。

母亲以不遗余力的坚毅，
支撑着我们青春期随意浪漫的脚步，
母亲又以百折不挠的刚强，
支持我们走出山村的曲折，

走进城市的繁华。

再坚强的钢铁，
也经受不住持续不断的敲打，
再坚硬的石头，
也经受不住持续不断的冲刷，
再坚强的母亲，
也经受不住岁月的摧残。

可是，
我们竟长期无视母亲脸上如刀割斑的皱纹，
我们竟长期无视母亲头上如白霜般的头发，
我们竟长期以工作忙为由无视母亲渴盼我们回家的焦虑目光，
甚至，我们竟长期以母亲"太老土"为由漠视母亲与我们聊天的卑微心愿。

我们有谁知道，
我们各种"理直气壮"的理由，
都如一把把刺向母亲心灵深处的尖刀，
我们的每一个理由，
都会引起母亲全身的痉挛。

改变我们漠视的态度吧，
放下我们冷漠的面具吧，
哪怕是一个敷衍的问候，
也能让母亲感到无比的幸福。

母亲从不因为我们的冷漠而疏远我们，
母亲从不因为我们的疏远而怨恨我们，
母亲从不因为我们疏于问候而冷落我们，
母亲更从不因为我们的远离而忘记我们。
趁着今天的节日，

给母亲一个温暖的问候吧,
最好,给母亲一个有力的拥抱吧,
如果,你做不到这些,
就给母亲一个诚挚的道歉吧。

我们可以看到,
无论你以何种方式与母亲沟通,
母亲都会以痛彻心扉的"爱"来体会,
她堆满皱纹的脸庞,
一定挂满幸福的泪花。

我的士兵

近来,我越来越觉得汉字的神奇,它们仿佛是有生命的存在,历史与文化以及文明借着汉字得以传承。我们,仿佛是御字将军,当我们以生命的温热温暖它们的时候,它们往往以全部的生命回报我们,这正是士兵的风格。

我的士兵是仓颉遗留下来的,
仓颉带着它们结束了结绳记事的愚昧历史,
为了纪念它们的丰功伟绩,
仓颉在龟甲上为它们建立了纪念碑。
我的士兵不甘寂寞,
它们从纪念碑中走出,
从夏走到商,
越过春秋,
以楚楚动人的姿态演绎关关雎鸠的凄美故事,
又以慷慨激越的秦腔传唱秦皇统一六国的传奇。
在唐宋迷离的意境里,

我的士兵成就了李白的伟岸，
凝聚了杜甫的忧伤，
苏东坡奔放的大江，
总有士兵欢腾的身影，
柳永忧伤的柳树下，
也有士兵在浅吟低唱。
更多的时候，
我的士兵奔驰在唐朝的边塞，
鼓角铮鸣，
烽烟四起，
它们以前赴后继的铮铮情怀，
继续演绎华夏民族悲壮的故事。
在明朝的长城，
我的士兵登高望远，
警惕的眼睛从不关闭，
孟姜女的忧伤，
成为它们永恒的痛。
只识弯弓射大雕的成吉思汗，
借助我的士兵的羽翼，
腾空飞起，
竟成一代天骄，
雄视中原三百载，
无人匹敌。
在明清的清平世界里，
我的士兵以三言二拍的节奏漫步，
在每天日落的黄昏，
走进聊斋红楼，
说西游，
讲三国，
演水浒，

华夏的血脉在回肠荡气的故事中，
遗传了阳刚的基因。
走过典雅的时代，
胡适郭沫若以现代性的血液，
浇灌了我的士兵，
当它们以崭新的面貌，
出现在故乡林家铺子的时候，
连阿Q也赶来祝福，
即使在春风沉醉的晚上，
我的士兵也不会沉沦。
今晚，
我驾驭着我的士兵，
穿过厚厚的城墙，
一幅幅光辉灿烂的图画，
形象地阐释着士兵的不朽功勋，
御字将军的自豪，
借着温润的泪花，
闪闪发光。

我的老师
—— 2015年教师节有感

2015年教师节又要到了，回忆自己的成长历程，感恩老师的悉心指导，回馈老师的殷殷期待，也许，是很多学生在教师节前不由自主的功课。祝老师们节日快乐！

我的老师是从新中国的红旗下走过来的

他们以甜润的普通话纠正我的方音
让我在普通话中认识了北京
认识了天安门
认识了毛主席
让我在遥远的边陲小镇
也沐浴到暖洋洋的阳光雨露

我的老师是从《论语》中走出来的
仁义礼智信是老师的筋骨
为天下育英才是老师的信念
我的老师以知其不可为而为之的精神
鞠躬尽瘁死而后已
以汗水,甚至以鲜血
唤醒我们的良知
培育我们的理性,
让我们沉睡的心灵深深地刻上
中国人的烙印

我的老师是从《孟子》中走出来的
即使终生生活在苦其心志劳其筋骨饿其体肤的情节里
也始终昂首挺胸
即使狂风烈日
也始终如鲲鹏展翅
遨游蓝天
绝不堕青云之志
每当知识受到歧视
老师始终以孟子的雄辩
坚决守护知识的尊严
我的老师是从《道德经》中走出来的
他们始终淡泊明志

外面的世界或者很精彩
或者很无奈
甚至红尘滚滚
我的老师始终能坚守三尺讲台的圣土
始终坚持独善其身的原则
不随波逐流
不放弃原则
更不同流合污

我的老师是从中国博大精深的文化中走出来的
厚其德长其才是老师永恒的功课
爱其生容其友是老师不变的胸怀
家长放心学生成才社会认可
是老师毕生的追求
岁月无声
脚印有痕
我的老师慢慢长成了
引领学生的路标
鲜艳校园的旗帜
后世景仰的丰碑

少帅张学良

其一

少帅民族大义重，华清宫内出奇兵，
蒋公无奈改战略，从此抗日境界新。

其二

权高位重情义深，身陷囚笼不变心，
赵四小姐福分厚，爱情传奇又更新。

不见不散
—— 给我的青年朋友

就着东方第一缕微光，
我用心数着将要见你的时辰，
月上柳梢头，
人约黄昏后，
竟第一次变得如此漫长。

我知道，
不以结婚为目的的恋爱都是流氓，
我不知道，
不以恋爱为目的的约会，
又该怎么定义。

我决意约你，
只为热闹你的寂寞，
甚至，
只为安抚我自己，
经常不安的灵魂。
你不远千里，
不管不顾家人的眷眷情意，

孤身一人，
为了所谓的事业，
决然来到这个边远的小城。

现实，
虽然没有你的亲人想象的那么糟糕，
但是也绝没有你想象中的那么吉祥，
你诗句中淡淡的哀伤，
让我知道你其实并没有那么坚强。

我决意约你，
只为弥补天上月圆人间不团圆的遗憾，
甚至，
只为满足我自己，
喜欢热闹的企图。

我不会给你电话，
我只是以这浅薄的诗句告诉你，
你来或者不来，
我都会在校园东面的柳树下，
拿着月饼傻傻地等你。

当然，
我虔诚地期盼，
你有缘读到这首蹩脚的诗，
我更强烈地盼望你的回应：
哦，不见不散！

（2015年中秋节）

同学小聚

今晚,30 位中学同学集聚在一位同学家小酌。离开福绵高中 30 年了,温情依旧。

三十华年挥手过,同窗之谊依旧鲜;
低头常诉当年苦,举杯却贺今日甜。
寒窗秉烛肌肤痛,盛世创业波浪掀;
亦聚亦散寻常事,常见常欢永世缘。

开心就好

也许,有些等待,
未必有结果,
但如果,
等待是一种安慰,
或者,
等待是一种不可言说的期盼,
就让这样开心的等待,
永驻心间。
也许,有些承诺,

未必能兑现；
但如果，
承诺是一种温暖，
或者，
承诺是一种给力的牵引，
就让这样开心的承诺，
天天发酵。

花开花落自然事，
潮涨潮退顺天时，
缘去缘来皆因果，
不刻意追求，
不刻意回避，
一切随缘，
开心就好！

筷子兄弟的情谊

在里约热内卢的餐馆，第一次看到介绍筷子的用法。第一，拿稳；第二，分开；第三，夹稳。有意思吧？

我们是亲密的兄弟，
为了共同目标，
我们有时，
必须忍痛分离。

但是，
为了共同利益，

我们最终，
必须紧紧偎依。

密码

皇帝在国门上设置密码，
老百姓就傻了。
官员在政府大门上设置密码，
自己就腐败了。

姑娘在心门里设置密码，
小伙子就跑了。

小伙子在脑门里设置密码，
姑娘就疯了。

诗人在财富之门设置密码，
却记不起来了，
于是，
只好随风四处流浪了。

执笔忘字

早几天想用"璀璨"一词，居然需要借助拼音了。岁月不饶人，绝不是空话。

青春岁月未曾亮，已到执笔忘字时。
璀璨曾经如知己，临摹失忆无感知。
掷笔埋怨高科技，平板电脑太痴迷。
回首痛心怪自己，用功岁月未惜时。

暗 箭

曾以为自己坚强如钢，
曾以为自己百毒难侵，
曾以为自己应对有术。

我的确抵挡住了寒霜，
我的确抵挡住了毒气，
我的确抵挡住了诱惑。

可我没想到暗箭，
它突然从身体内部射出，
瞬间就在我的关节处，
唱起凯歌。

我不知道它是如何进入，
我的体内的，
也不知道它是如何屯兵蓄势的，
我只知道，
箭弩的力量很韧，
箭弩的速度很快。

我仓促迎战，

却无法正面交锋，
我封住了箭弩突围的方向，
却无论如何都无法消除，
它在暗处给我带来的创伤。

明枪易躲，
暗箭难防，
竟然在我的身上被再度证明，
这是一个真理！

半夜惊雷

凌晨时分，惊雷乍起，紧接着大雨如注。在春水贵如油的季节遇上如此大雨，无疑，是上天的恩赐，特记之。感恩苍天！

吴刚夜半甩惊雷，掩袖嫦娥泪满腮。
恰逢人间怜雨水，波涛烂漫绣成堆。

厚重诗集

题记：卓越写作人才班的孩子，持续练习30天，完成作品300多篇，我们选择了14位同学的作品，编了一个作品集。有的作品，幼稚难免，但普遍的真诚，自然，有的甚至很优美。这让我们越来越相信《成为作家》里的一句话：人人都可以成为作家。

有些力量，
不接近你不知道其威力。
有些种子，
不浇灌你不知道其会开花。

有些情感，
不触摸你不知道其感人。
有些心事，
不敞开你不知道其那么斑斓。

三十天的磨炼，
少年的风流倜傥，
少女的如花心事，
相继在笔下璀璨绽放。

给你一阵春风，
你还一季春雨。
给你一方净土，
你开出万朵芬芳。
给你一个舞台，
你幻出万千花样。
如果，
我们给你一个蓝天，
你一定给世界满天星星。

玉林山歌（求婚）

哥哥：
哥哥今日唱山歌，

目的就是找老婆,
哪个妹妹有心意,
请你登台对山歌。

妹妹：
哥哥山歌咁动听,
妹妹愿意对山歌,
如果哥哥唱得好,
妹妹愿意嫁比哥。

哥哥：
妹妹有意嫁哥哥,
请问条件有几多？
条件再多哥不怕,
就怕妹妹话啰嗦。

妹妹：
哥哥有意妹有心,
就像树皮包树心,
妹妹条件只一个,
就是哥哥用情真。

哥哥：
只要妹妹愿嫁哥,
包你身穿绿绫罗,
新房安在阁楼里,
出门奔驰登高坡。

妹妹：
哥的条件太优厚,
妹只怕你车大炮,

做人一定要诚实,
大炮太响吓人跑。

哥哥:
哥哥全是真心话,
不信你可去调查,
我的家乡美如画,
一年四季有鱼虾。

妹妹:
妹妹住在山沟里,
出入不便苦心里,
就怕哥哥去一次,
千沟万壑吓溜你。

哥哥:
山坡再高有翅膀,
路途再远有双脚,
只要妹妹跟哥走,
哥哥乐意马上行。

妹妹:
哥哥不要心太急,
容妹好好再思量,
我人条件差咁远,
到底喜欢我哪样?

哥哥:
妹妹长相福气多,
心地善良听山歌,
但愿妹妹快决定,

唱完山歌订婚罗。

妹妹：
哥哥嘴巴甜如蜜，
好比画眉唱一样，
我愿跟哥一辈子，
明日拜堂成鸳鸯。

哥哥：
妹妹愿意嫁哥哥，
哥哥心里乐呵呵，
明日订婚好日子，
明年生个小帅哥。

哥哥妹妹合唱：
玉林山歌实在好，
婚恋幸福容易找，
山歌传情心相印，
哥妹情路一起走。

玉林三月三

玉林也有三月三，
优美山歌唱起来，
树上鹩哥醉心看，
台前听众乐开怀。

三行诗

一

世界那么大
我们居然能碰上
这绝对是上帝赐予的缘分

二

缘分是一个不速之客
她往往像从未谋面久不展眉的两位旅人
突然同时震撼绽放的笑容

三

我曾虔诚地问佛
婚姻的本质是什么
佛说，是两个前世相互亏欠的人来还债

四

我们可以错过太阳错过月亮
但不能错过缘分
因为缘分是生命绽放的春天

五

你曾问我哪里的风景最美丽
我的回答没有丝毫的犹豫

你在哪里，哪里就是最美的风景

六

思念是最有效的稀释剂
生活中所有的苦痛
都因为思念而变得微不足道

处处笙箫胜画中

夏日乘风访内蒙，青城气象势如虹。
可汗恩泽声名远，铁骑英姿气节忠。
雕马琴声香古韵，钻天杨树秀云空，
风光何必离离草，处处笙箫胜画中。

知君常笑始心安

　　我1988年大学毕业参加工作，执教的第一个班级是88级中文专修班。这是一个有爱、有故事的班级。去年，他们毕业25周年聚会，来了30多位同学（超80%了），拍了很多照片。早几天，班长在微信里给我留言说，班主任，我想做一个班级相册，希望您为我们题一首诗。感恩他们当年对我的支持、理解和配合，更感动于他们长期以来不散的情谊，我答应了，于是，有了以下这首律诗。祝友谊之树常青！

　　当年寻梦共凭栏，今日重逢意气澜。
　　两载同窗知趣味，半生照应结金兰。

梅寒吐蕊香依旧，松老开花节胜磐。
岁月无声情有印，知君常笑始心安。

一江秀水如锦屏

清明寻景到上林，处处风光胜桂林。
三里洋渡似仙境，一江秀水如锦屏。
老牛踏青追蜂蝶，野鹅戏水逐鱼鳞。
莫怨人间尘浊重，孤舟闲钓心境明。

何道人生有沧桑

云遮雾绕大明山，胜景如林不一般。
峡谷红水飘枫叶，山崖杜鹃正斑斓。
悬崖峭壁花怒放，流浪樵夫喜登攀。
松间林海寻野趣，何道人生有沧桑。

你只能按北京时间安排生活

飞机模拟图不断告诉我，
你离北京越来越远；
空姐的解说不断告诉我，

你离北京越来越远；
身体的寒意不断告诉我，
你离北京越来越远；
身边旅客杂色的皮肤不断告诉我，
你离北京越来越远。

可腕表不变的频率不断提醒我，
你只能按北京时间安排生活；
我的生物钟更是不断提醒我，
你只能按北京时间安排生活。

是的，
无论是千里万里，
无论是巴黎巴西，
在劳作的时间里，
我的脑子总是亲人，
操劳的身影；
在休息的时间里，
我的耳里总是亲人，
气息均匀的鼾声。
闪烁的霓虹灯，
改变不了我思乡的方向；
激荡跳跃的摇滚乐，
动摇不了我思亲的定力；
巴黎香水的芳香，
圣地亚哥葡萄酒的醇香，
阻隔不断故土的清香；
挂在宾馆的多国时钟，
唯有北京时钟让我感动。

于是，

看着里约热内卢的街灯，
我的脉搏砰砰跳动，
在异国他乡的深夜，
我失却睡眠。

转型学习

为求新知聚台州，同心同德填代沟。
遥看杏坛新气象，底蕴深厚气自豪。

诗歌是什么

有人说，
诗歌是水，
有人说，
诗歌是火，
有人说，
诗歌是酒。

其实，
不管怎样命名，
诗歌都直透灵魂，
直烫心底。

诵读诗歌，
仿佛心底点亮一盏灯，

吟唱诗歌，
仿佛草原放飞一只鹰，
陪伴诗歌，
仿佛沙漠开满了鲜花。

诗歌，
恰如枝头呼朋唤友的娇莺，
刹那陶醉你的心境，
又如东方一缕明媚的曙光，
瞬间点亮你的黎明。

邂逅

邂逅，
是枝头的花朵，
迎来的甘露；
是龟裂的土地，
迎来的暴雨；
是逆行的帆船，
遇上的顺风；
是困顿的游人，
不期而遇的珊斓风景；
是漂泊已久的游子，
久违的乡音；
更是苦苦寻觅知己的痴汉，
衣带渐宽之际不经意回眸中的——
惊艳倩影。

马航去哪儿了

我记得，
你起飞的时候，
白云飘飘，
星星闪闪，
你飞翔的姿态，
像展翅的雄鹰。
我记得，
航程的终点，
是中国的首都，
巍巍长城，
攘攘长安，
是你理想的停泊福地。
我们准点赶往机场，
手拿鲜花，
脸带微笑，
仰望天空，
祈祷吉祥，
期盼你以潇洒的姿态平安着陆。

没想到，
凌晨时分，
晴天霹雳，
哀哀的电波，
以变奏的声调，

宣布噩耗，
马航失联了。
我们仰望天空，
马航，你去哪儿了？
天空无语，
阵阵乌云扑面而至，
我们俯首大海，
马航，你去哪儿了？
大海怒号，
滔滔巨浪涌向心怀。
马航，你去哪儿了？
莫不是你应嫦娥之邀，
奔赴天宫欣赏她，
轻舞长袖？
或是你应吴刚之约，
与他品尝桂花酒？
嫦娥啊，
请你理解亲人的期盼，
吴刚哦，
请你理解亲人的焦虑，
及时把马航送还人间。
马航，你去哪儿了？
你听见亲人们沉沉的哀号了吗？
马航，你去哪儿了？
你看见亲人们凝结的愁眉了吗？
马航，回来吧，
回来吧！

谁偷走了我的睡眠

满天星星眨呀眨，
好像召唤我回家，
沧桑故乡有爸妈，
泪眼婆娑任由它。

爸爸年轻曾潇洒，
执教杏坛受人夸，
辗转乡村播文明，
道路泥泞不怕滑。

极"左"路线走偏差，
文化之命即遭殃，
时代浊流漫天卷，
爸爸命运开了岔。

妈妈坚信天会亮，
时刻紧跟我爸爸，
风雨兼程仍从容，
不惧雷雨连交加。

血雨腥风二十载，
爸妈坚强不甘垮，
含辛茹苦育儿女，
从不埋怨命运差。

爸妈给我一个家，
教我仗剑闯天涯，
日夜苦盼儿出息，
心怀壮志报国家。

待我有了小天地，
爸妈皱纹满脸爬，
白发苍苍形走样，
教我如何不想家。

天下最苦是父母，
儿走天涯最牵挂，
天下最恨是儿女，
常找借口不回家。

满天星星眨呀眨，
睡意全消念爸妈，
赶紧收拾简行囊，
明天一早赶回家。

雾散天开

清风徐徐雾散开，
日光艳艳信步来；
毕竟青天自有眼，
哪容魑魅独登台。

自古正义胜邪恶，
从来真善必消灾；
纵使雾霾遮望眼，
难阻梅花向阳开。

并非之一

并非所有的礼物，
都表示真诚的问候，
你一定要警惕，
烟桥中的炸弹，
酒路上的陷阱。

并非之二

并非所有的让步，
都表示你的懦弱，
你一定要明白，
很多时候的退步，
是为了更有气势的迸发。

并非之三

并非所有的花儿，
都在春天绽放，
并非所有的山水，
都是你的风景。
你要学会等待，
更要学会甄别，
花儿，
自然开满你的心怀。

并非之四

并非所有的拒绝，
都表示你的冷漠，
无情未必失情义，
举首三尺有神明，
是你止于至善的规箴。

岁月如歌

如果说岁月如歌，
你就是岁月的主旋律；

我愿如侧耳倾听的知音，
醉倒在旋律中。

如果说岁月如画，
你就是岁月高远的意境；
我愿如轻盈的彩蝶，
为你的意境添加妩媚。
如果说岁月如海，
你就是岁月的浪花；
我愿如专注的旅人，
迷失于浪花中。

如果说岁月如火，
你就是岁月的光芒；
我愿如伐薪的民工，
为你的光芒添柴加薪。

荧光石与车灯的恩情

荧光石：谢谢你点亮了我的生命。
车灯：谢谢你明媚了我的前程。
荧光石：没有你，我的生命永远黯然失色。
车灯：没有你，我的道路永远荒凉寂寞。

书柜的祈求

有的人，

把我当成摆设，
从不走近我的庭院；
有的人，
把我当成点缀，
从不走近我的心灵。

我祈求你，
把我当成朋友，
彼此之间经常问候；
我更愿意，
把我当成，
你的助手，
时刻不离你的左右。

窗帘的无奈

我可以挡住，
猛如烈火的阳光，
却无法挡住，
悄悄流逝的时光。

梳子的喟叹

我以整齐的步伐，

走过你的头颅,
可无情的岁月啊,
总在我前面领跑。
我只能仰天喟叹,
主人啊,
我可以梳整你的头发,
却无法抚平你内心的风暴。

你强颜欢笑的秘密,
总被你日渐花白的头发,
毫无顾忌地,
——泄漏。

相机的故事

我的眼睛,
可以洞悉一切,
见证一切,
收藏一切。

但我却无法决定,
构图和色彩,
更无法改变,
故事和情节。

我只不过是,
一个工具,
决定境界高下的,
是你的眼光。

鞋子的温情

大地冰冷,
是你给主人温暖的寄托。
大地酷热,
是你给主人舒适的春天。

前程曲折,
是你给主人穿越的勇气。
前程漫漫,
是你给主人足够的底气。

即使有一天,
你不得不离开,
你也会以一条优美的弧线,
愉悦主人的心境。

暴虐彩虹

2015年10月4日,台风"彩虹"暴虐玉林,5日,持续不断的暴雨,让玉林人备受其苦,部分电路被迫停电,大部分农作物被吹倒、淹没,很多街道积水成河。毛泽东曾言"人定胜天",按理是可能的。但是,由于城市建设规划的滞后，农村建设计划的缺失，现在经常是一场大雨即可造成灾难，这不是毛主席的话不灵，而是我们长期以来片面追求短期效益的结果。

　　肆虐台风化彩虹，乡野美梦一场空。
　　舟车陷落汪洋里，楼宇飘摇暴雨中。
　　光明却被狂风劫，稻菽无奈泪如洪。
　　人定胜天非神话，良言还忆毛泽东。

限速牌的心声

今天驰骋在弯道很多的公路上，经常看到限速牌，忽然有了以下句子：

我所在的地方，
往往是生命的陷阱，
所以，我限制你驰骋的速度，
其实是为了，
确保你生命的长度，
甚至可以说，
是为了确保你，
家庭的温度。

花洒的哀求

在首都机场附近的一家宾馆，龙头水竟然是混浊的，在这汩汩不断的混浊中，我似乎感受到了花洒的哀求。

每次你站在我身旁，
我都尽力给你，
最舒适的温柔。

可你毫无节制的挥霍，
让我的心不停颤抖。

你也许不知道，
从我的心流过的，
不是水，
而是我们共同的母亲，
大动脉中，
正在日渐枯竭的，
血液。

主人，
如果你想长久的享受，
我贴心的温柔，
那么，
请把"小心地滑"，
尽快换成，
"珍惜水源"吧。

眼镜的自白

因为扭曲的缘分，
我分享了你脸上的风光。

说实话，
虽然，
我让你看得更远，
却未必让你看得更真。

毕竟，
隔着镜片看人，
往往走了模样。

酒的忠告

适度，
温暖你的心；
过度，
谋害你的命。

恋家的钥匙

不管是杨柳依依，
或者是雨雪霏霏，
只要带上我，
你就不会迷失，
回家的路。

赤胆忠心的茶

为了主人，
有品味的生活，
我时刻准备着，
赴汤蹈火。

挂在天边的壮锦

离开龙胜很多天了，耳边还常常响起关于龙脊梯田的各种溢美之词："山是龙的脊，田是云中梯"，是当地百姓对梯田的美誉。该县征集到的旅游口号也很震撼：天下梯田，风情龙胜；大美龙脊，风情胜地；龙胜美如画，梯田绝天下；龙胜，梯田名片，风情请柬。我回望平安龙脊群的时候，也想到了一句话："挂在天边的壮锦"。然而，穿越历史的时空隧道，我仿佛看到了居住在吊脚楼里的壮、瑶祖先晶莹的滴血！也仿佛听到了龙脊梯田杜鹃啼血般的浅吟低唱。

我是在刀耕火种的年代，
生长起来的，
每一条沟垅，
每一块地畦，
都是祖先滴血，
书写的奇迹。

我是在缺衣少食的年代，
生长起来的，
每一串稻穗，
每一颗高粱，
都是祖先眼里，
沉甸甸的希冀。

我是在冰冷的神话时代，
生长起来的，
每一朵乌云，
每一个闪电，
都是祖先心中，
激动的涟漪。

无论是冬，
无论是夏，
祖先始终以虔诚和鲜血，
喂养我，
终于，
在某个日落的黄昏，
我在天边绚丽开放！

那是壮家的锦练哦，
赤橙黄绿青蓝紫，
次第闪烁，
然而，
我只苦苦盼望你，
看到我生命的底色，
那是祖先的滴血哦，
我的上帝！

陪你一起飞
——写给卓越写作班的同学

也许，
是心灵的默契，
也许，
是命运的安排，
我们相遇在缪斯的乐园。

那么，
就让我陪着你，
向着蓝天，
一起飞翔吧。

飞向蓝天，
聆听星星，
悄悄许下的心愿。
或者，
聆听嫦娥，
低眉诉说，
别离人间的哀伤。

更多的时候，
我会陪你，
拜会缪斯，
看她轻拨琴弦，

看她翩翩起舞，
看她浅吟低唱。

如果，
你喜欢大海，
我也乐意陪着你，
学那海鸥，
迎着风迎着雨，
自由飞翔。

飞向大海，
聆听贝壳，
悄悄收藏的浪漫故事。
或者，
聆听渔夫，
幽幽诉说，
放生海怪的忧伤。

更多的时候，
我会陪你，
拜会波塞冬，
看他乘风破浪，
看他对话海豚，
看他逐情追爱。

飞向蓝天，
让我们的视野超越极限不受阻碍，
飞向大海，
让我们的脉搏起伏跌宕不再停歇。

然后，

我们飞回自己的家,
就着篝火,
轻拨琴弦,
慢慢演唱,
自己的传奇。

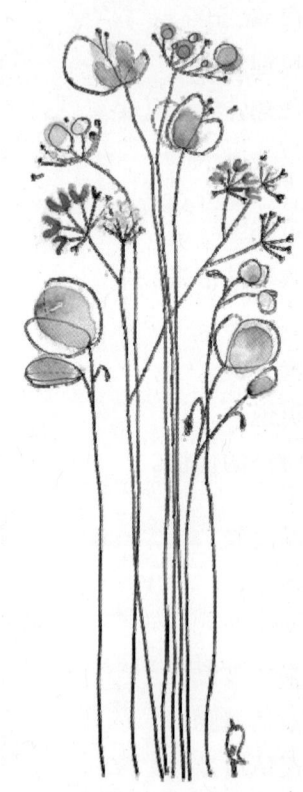

后记：别让思维停下来

没有想到，我近几年竟然写了40余万字的东西，有小说、散文、诗歌。之所以有这样的成果，一是有了空闲的时间，二是我没有随意挥霍这些空闲的时间，三是我没有随意让思维停下来。

我觉得第三个原因最为关键。因为，我们随时都可以停止思维，也可以永远思考任何事情。无疑，要写作，就必须不停止思考，说准确点，是不停止形象的思考。经常想想你每天面对的人、事、物，假设你和他们之间有一场对话，你会怎样和他们交流。这样，你就慢慢地养成形象表达的习惯。这样的习惯，会让你和对象之间保持一种有温度的亲切感。这样，在日常交流中，你会变得幽默和有趣，如果，你用笔记录下来，或许，就直接成了诗歌、散文或小说。

我很清楚自己目前工作的重点和自己的未来，那就是不可能走专业创作的道路，但是，经常性的思考和写作，让我的业余生活不再无聊，最重要的也许是，能延缓即将出现的老年痴呆症，这对家庭是多大的贡献啊！

我近年来经历的很多事情，让我彻底明白了一个真理：健康、家庭和事业，对任何一个人都非常重要，而健康和家庭是有助于事业腾飞的双翼，尤其是健康，更是基础。阅读、思考、写作，都是有益于健康的方式，也是有助于事业的方式，所以，为健康计，为家庭谋，为事业算，都不应该让思维停下来。

正是不甘于让思维停下来的想法，我有了这本集子。虽然，从文学性的角度看，这本集子还有很多毛病，但是，从写作学的角度看，这本集子又是值得肯定的，因为她最大的特色是"真"，可以说，这本集子是我对真实生活的描写和反思。由于真，我自己也常常在写作过程中被感动。

我曾在一篇文章(《优秀作文的价值追求》,见《语文教学与研究》2017年第9期)中表达过这样的观点:优秀的作文起码具备"三性":独特性、生命性和关联性。其中的关联性,包含三个层次:一是事物和事物之间的关联,二是事物的现象和本质的关联,三是主体与客体(即所描写的事物)的关联。第一个关联体现了事物和事物之间其实存在着同质异构的关系,作家的任务在于发现那种相同的"质",并把它表达出来。第二个关联在于发现与表达事物的本质和规律。第三个关联在于发现和表达事物和人之间的密切关系,正是由于这种关系,作家笔下的事物往往充满了生命。

我在写作过程中,即使是写作讲话稿,我都秉承"三性"的原则,虽然,很多文章不能圆满地表达自己的理想和追求,但我一直在努力逼近。

所以,我相信,我这些文字能引起一些共鸣。